KB230581

이것이
마법사 비장의 수
1. 여명의 검사

INDEX

This is wizard's last card.

1

이것이 마법사의 비장의 수

여명의 검사

This is wizard's last card.
Taro Hitsuji
illustration
Kurone Mishima

서장 내가 용병인데 마법사가 되려고 한 이유

"좋아! 자연스럽게 전사했어……! 이제 나는 자유다아아아아아아아아아아아아아아아아아아아—!"

폴드 대륙 동부, 버트랜드.

전쟁이 휩쓸고 간 땅에 흑발흑안의 소년— 릭스 프레스탯의 환성이 울려 퍼졌다.

10대 중반. 평균보다 조금 큰 키, 오래된 흉터가 곳곳에 남아 있지만 탄탄한 몸.

한 치 빈틈도 보이지 않는 자세, 몸을 감싸는 너덜너덜한 가죽 갑옷, 허리춤에 찬 한손검…… 척 봐도 평범한 소년은 아니었다.

그도 그럴 것이, 릭스는 용병이었다.

그것도 이 동부 분쟁 지대에서는 모르는 사람이 없는 최강의 전투 집단— 블랙 용병단의 에이스 어태커다.

"캬아…… 아까 그 연기는 내가 생각해도 예술이었어."

릭스는 방금 있었던 일을 회상했다.

방금 말했다시피— 릭스는 「전사」했다.

이 버트랜드의 전장에서 블랙 용병단 동료들이 적군의 추격에서 벗어나도록 릭스가 최후미에서 적을 막아섰고, 마지막에는 폭탄을 끌어안은 채 적진으로 돌진했다.

그렇게 릭스는 폭사한 것이다…… 정확히는 「폭사한 척」이지만.

폭발 따위야 미리 구멍을 파 두면 쉽게 피할 수 있다.

"「다들, 나 대신 살아줘요」, 「단장님, 지금까지 신세 많이 졌습니다」, 「마지막으로 은혜를 갚게 해주세요」…… 내가 그러고 자폭하러 가니까 다들 눈물을 글썽이면서 「멍청이야, 가지 마!」, 「돌아와!」, 「그만둬!」래, 크크크……."

릭스는 은근히 쓰레기 같은 성격이었다.

"그래도 어쩔 수가 없었어요, 단장님, 용병단 식구들……. 나, 포기할 수 없는 목적이 있거든요."

그러면서 릭스는 절실한 표정으로 하늘을 올려다봤다.

"그래, 나는…… 용병 때려치우고 마술사가 될 거야! 왜냐하면— 용병 같은 극한 직업은 미래가 새까마니까아아아아아아아아아아아아아아아아아아아아아아아아아아아—!"

소년의 혼이 담긴 외침이었다.

"나 더는 못 해 먹겠어! 매일 사느냐 죽느냐를 걱정하는 인생! 게다가 용병은 결혼도 못 해! 언제 죽을지 모를 사람과는 미래를 생각할 수 없다잖아! 응, 그야 그렇겠지. 나라도 안 해! 이런 젠장! 심지어 그런 고충을 단장님에게 털어

났더니 그 자식 나한테 돈이나 쥐여 주고, 웃으면서 엄지 세우고 한다는 소리가 뭐?! 「창관에 다녀와!」? 웃기지 마아 아아아아아아아아—! 나는 그런 건 일생을 함께할 사람하고만 한다고ㅇㅇㅇㅇㅇㅇㅇㅇㅇㅇㅇㅇㅇㅇ—!"

릭스는 어울리지 않게 은근히 순정파였다.

"—그런고로 용병 때려치운다! 「오는 사람 막지 않고 가는 사람은 지옥 끝까지 쫓아간다」가 기본 방침인 블랙 용병단과는 오늘로 끝이다! 나는 마술사가 될 거야! 다행히 인맥도 있고 말이지!"

실제로 이 세계의 마술사는 가장 굶어 죽을 걱정이 없는 직업이다.

정치, 경제, 연구, 유흥, 농업, 공업, 인프라 등등…… 온갖 분야에서 다양한 마법에 특화한 마술사들이 활약한다.

더불어 마술사는 사회적 지위가 높아서 다양한 특권이나 혜택도 누릴 수 있다.

내일의 생사조차 장담할 수 없는 용병과는 장래성이 천지 차이다.

"안녕, 단장님……. 안녕, 용병단…… 저는 마술사가 될게요. 마술사가 돼서 피비린내 나는 싸움과는 인연이 없는 직장을 구하고, 참한 색시도 얻고, 평화롭게 살다가 마지막엔 손주들에게 둘러싸인 침대에서 죽을래요. 안녕……."

그렇게 결별을 주절거린 릭스는 발걸음을 돌렸다. 그리

고 전장을 뒤로하려던…… 바로 그때.

사람이 다가오는 기척을 느끼고 퍼뜩 근처 바위 뒤로 숨었다.

조심조심 상황을 살펴보니…….

"릭스! 릭스으으으으!"

유달리 험상궂고 우락부락한 남자를 필두로 한 십수 명의 무장 집단이 전장을 배회하며 무언가를 찾고 있었다.

"어……? 블랙 단장님…… 다른 단원들까지……?!"

릭스는 눈을 크게 뜨고 동료들을 응시했다. 그리고 그들의 대화에 귀를 기울였다.

"릭스! 제발! 살아 있으면 대답해 줘! 릭스!"

"단장님, 못 찾아요……. 봤잖아요? 릭스의 마지막 순간……."

"그 폭발이면 아마, 뼛조각조차 안 남았겠지…… 훌쩍……."

"그 녀석…… 우리를 위해서……! 무모하긴……!"

험상궂고 우락부락한 남자— 블랙 단장이 눈물을 터뜨리며 주저앉았다.

"릭스! 이 바보야! 왜 죽어?! 네가 나보다 먼저 가면 어쩌자고! 으아아아아아아아아아아아아아아—!"

블랙 용병단의 단장 블랙은 이곳 동부에서는 모르는 사

람이 없는 최강의 용병이었다.

언제나 호쾌한 성격. 한 손에 술을 들고 너털웃음 치는 모습이 어울리는 호걸. 이리도 힘없이 주저앉은 모습은 상상도 하지 못할 인물이었다.

그런 사내가 지금 목 놓아 울고 있었다. 릭스의 죽음을 추도하고 있었다.

블랙을 지켜보는 릭스는 가슴이 옥죄는 기분이었다.

"다, 단장님…….”

생각해 보면 블랙은 3년 전 고아였던 릭스를 거두어 친아들처럼 대해줬다. 그에게 용병으로서 많은 것을 배웠다.

블랙만이 아니다. 용병단 식구들도 그렇다.

다들 천애 고아였던 릭스에게는 가족이나 다름없었다.

누가 뭐래도 릭스가 지금까지 살아남은 것은 블랙 용병단 덕분이었다.

'내가 대체, 무슨 짓을 하려고 했지? 그 은혜도 잊고 이런 배은망덕한 짓을……! 정말로 괜찮은 거야……?!'

릭스의 발이 자신을 찾는 동료들에게 끌리듯 한 걸음 움직였다.

그때, 릭스의 머릿속에 블랙 용병단과 지낸 추억들이 마치 주마등처럼 되살아났다—.

『잠깐, 단장님?! 저 대부대를 나 혼자 어떻게 막으라는 거예요오오오오오오오오오오오?!』

『괜찮아, 릭스! 네 실력이면 할 수 있어! 너를 믿는 나를
믿어!』

『믿을 수 있겠냐아아아아아아아?! 너, 지금 주사위로 배
치 정했지?!』

늘 있었던, 무리한 지시의 기억.

『다, 단장님?! 용병단 자금을 하룻밤 사이에 날려 먹다
니, 대체 무슨 생각이에요?!』

『홋…… 어젯밤은 아리에타에게 전부 바치지 않으면 지는
싸움이었어. 그 덕에 인생 최고의 밤이었지……! 내 생애에
한 점 후회도 없다! 으헤헤…….』

『이 여자에 미친 호구가!』

『여전히 릭스는 고지식하구만. 뭐, 어때? 돈이야 또 적
모가지를 따고 벌면 그만인걸.』

『말이야 쉽지!』

늘 있었던, 불합리한 기억.

『거기 서어어어어! 릭스으으으으! 도망치지 마아아아아아!』

『오늘에야말로 우리와 같이 창관에 가자아아아아아아!』

『너도 이제 총각 딱지 좀 떼! 다 널 위해서 하는 소리라고!』

『우오오오오오오! 참견하지 마, 멍청이들아아아아아아아—!』

늘 있었던, 동료와의 바보 같은 실랑이.

『야아아아?! 너, 왜 내 식량까지 먹었어?! 다음 보급이 언제인 줄 알아?! 나는 죽으라고?!』

『형님, 용병은 약육강식이죠! 허점을 보인 형님 잘못이에요!』(당당)

『널 씹어 먹어주랴, 인마?!』

늘 자신을 아사 직전까지 몰고 간 아우.

『단장님! 단장님! 대체 왜 야영 중에 이런 정체불명의 암살자 집단에게 기습당해서 죽기 살기로 싸워야 하는 거죠?!』

『훗…… 짚이는 곳이 너무 많아서 모르겠다!』

『이런 젠장! 작작 좀 해!』

『어허, 쓸데없이 떠들 힘이 있으면 하나라도 더 죽여. 안 그러면 네가 죽을걸~?』

『으아아아아아아?! 절대 못 죽어어어어어어어―!』

늘 있었던, 아비규환의 현장.

그 외에도 갖가지 그리운 기억들이 잇달아 릭스의 머릿속을 스쳐 지나갔고―.

"역시…… 용병은 이제 됐어."

그렇게 결론 내렸다.

단 하나뿐인 심플한 답이었다.

동료들에게 다가가려던 발은 우뚝 멈춰 있었다.

릭스는 그 자리에서 빙글 돌았고.

"""""릭스ㅇㅇㅇㅇㅇㅇㅇㅇㅇㅇㅇㅇㅇㅇㅇㅇㅇㅇㅇㅇㅇ—!"""""

동료들의 통곡을 들은 체 만 체, 차갑게 식은 눈으로 그곳을 뒤로했다.

이리하여 소년 용병 릭스는 마술사가 되기 위해 새로운 세계로 첫발을 내디뎠다.

망설임이나 후회는 전혀 없었다.

제1장 새로운 만남

일각(一角) 여신에게 축복받은 땅, 폴드 대륙.

이 광대한 대륙은 주로 네 지역으로 나뉜다.

북부 일대를 지배하는 북쪽의 패자(霸者)— 올드란 제국.

남부 일대를 통치하는 남쪽의 전통 국가— 포르세우스 왕국.

다양한 제후, 도시 국가, 호족, 부족이 난립하는 동부 분쟁 지대— 동방.

그리고 대륙 서단의 섬나라— 에스토리아 공국.

이 에스토리아 공국이 바로 세계에서 가장 마법 기술이 발전한 마법 국가다.

그리고 세계 최첨단 마법 연구와 마술사 육성 교육이 나날이 이루어지는 세계 최고봉의 마법 학원— 에스토리아 마법 학원이 존재하는 나라다.

그곳은 마술사를 지망하는 전 세계의 젊은이가 모이는 곳. 마술사들의 성지.

그런 에스토리아 공국으로 향하는 정기 선박 안에 릭스가 있었다—.

"이 광활한 바다 너머에…… 그 유명한 에스토리아 공국이 있나."

셔츠에 바지, 오버코트…… 간소한 여행복을 입은 릭스가 갑판 난간에 기대며 끝없이 이어지는 수평선을 바라봤다.

상쾌한 바닷바람이 쉴 새 없이 불어친다.

릭스를 태운 배는 세 돛대에 걸린 돛들로 그 바람을 받으며 아리아해(海)의 거친 파도를 힘차게 가르고 나아갔다.

고개를 들면 한없이 푸른 하늘.

귀를 기울이면 평화로운 파도 소리.

출렁이는 바다에서는 하늘의 햇빛이 부서져 눈부시게 빛났다.

분명 지금까지와는 다른 희망찬 삶이 시작된다. ―그런 예감을 안겨주는 청량한 바다 풍경을…….

"우웨에에에에에에에에에에에에에에엑―!"

릭스가 난간으로 몸을 내밀고 흩뿌리는 토사물이 더럽히고 있었다.

"우읍…… 울렁거려어……! 오지 말걸……!"

그리고 벌써 후회했다.

릭스는 숱한 전장을 누빈 용병이지만, 왠지 옛날부터 뱃멀미에 약했다.

그 탓에 수상전만 벌어지면 아무짝에도 쓸모없는 짐짝이 된다.

이런 긴 바다 여행은 릭스에게 생지옥이었다.

"젠자앙…… 더는, 못 버텨……!"

털썩. 실이 끊긴 인형처럼 릭스가 그 자리에 쓰러졌다.

"이게 뭐지……? 지금까지 경험한 어떤 전쟁터보다 괴로워……! 죽는 건가……? 나, 죽는 거야……?! 이런 곳에서……?! 큭, 어차피 죽는다면……!"

릭스가 이 세계 모든 것에 절망한 듯한 눈으로 허리의 칼자루를 잡은…… 그때였다.

"저기…… 너…… 괜찮아?"

"야, 너…… 괜찮은 거야?"

릭스의 좌우에서 동시에 목소리가 들렸다.

"응?"

"앗."

"오?"

릭스가 고개를 들자 왼쪽에는 소녀가, 오른쪽에는 소년이 서 있었다.

두 명 모두 릭스와 엇비슷한 10대 중반으로 보였다.

소녀는 양쪽 어깨에 아마빛 땋은 머리를 늘어뜨리고 다정해 보이는 군청색 눈동자에 평균적인 여성 키를 가졌다. 얼굴은 마치 인형처럼 이목구비가 단정하지만, 화장기나 장식이 없고 아직 앳된 티를 벗지 못했다.

그래도 무심결에 가슴이 설렐 만한 미모였다. 아름답다 보다는 귀엽다는 표현이 어울린다. 들꽃처럼 소박하면서도 여린 아름다움과 귀여움이랄까.

그에 비해 소년은 짧은 갈색 머리에 갈색 눈동자를 가졌고 릭스보다 키가 컸다. 미남까지는 아니더라도 적당히 잘생긴 얼굴에 사람을 끌어당기는 신기한 매력이 있었다.

두 사람 모두 여행자 같은 행색이었다.

"너희, 누구야? 설마 스캐빈저? 약해진 나를 털어먹으려고……? 큭?!"

"그럴 리가 있냐. 일단 저 사람과는 나도 초면이야. 그래도 아마 나처럼 네가 걱정돼서 말을 걸었겠지."

"으, 응……. 왠지 상태가 안 좋아 보여서……."

그러고 소녀는 옷에서 작은 병을 꺼냈다. 안에는 알약이 들어 있었다.

"너, 뱃멀미지? 안 좋으면 이거 먹을래? 금방 편해질 거야."

"아아…… 독인가. 고맙게 받을게……."

"여기서 독이 왜 나와! 그럼 받질 말든가!"

무례하기 짝이 없는 릭스에게 소년이 무심코 소리를 질렀다.

"멀미약이야! 멀미 멈추는 마법약! 나도 알 정도로 유명한 거라고!"

"아니, 편해진다고 하길래……."

"그렇게 고통을 끝내겠다는 뜻이 아니잖아?! 됐으니까 일단 먹어!"

소년의 재촉에 떠밀려 릭스는 소녀에게 병을 받았다.

결론부터 말하면 소녀가 준 멀미약은 효과 직방이었다. 불과 몇 분 만에 릭스는 팔팔해졌다.

"정말 고마워. 너는 생명의 은인이야."

"새, 생명의 은인은 무슨, 아하하. 너무 과장했다……."

"아니, 생명의 은인이야! 나, 조금만 더 있었으면 자결할 뻔했거든!"

"자결?! 그게 웃으면서 할 소리야?!"

"응? 그야 굳이 죽고 싶지는 않지만 이대로 고통만 받을 바에야, 라고 보통 생각하지 않나? 너흰 아니야? 다들 그랬는데?"

"그러냐……. 나는 너한테 말 건 걸 살짝 후회하기 시작했어……."

릭스의 말에 소녀는 놀라서 눈만 깜빡거렸고, 소년은 지친 눈빛만 보낼 뿐이었다.

"아, 아무튼 일단 자기소개부터 해야겠지? 나는 애니 미디르. 올해 에스토리아 마법 학원에 입학하는 신입생이야. 파룻파룻한 1학년."

소녀— 애니가 해맑게 미소 지으며 말했다.

"뭐야, 역시 신입생인가. 하긴, 이 시기에 이 배에 타는 사람이면 뻔하지."

"그러면…… 너도?"

"그래. 내 이름은 랜디. 랜디 러스터. 올해부터 에스토리아 마법 학원 신입생이야. 잘 지내자."

소년— 랜디도 이름을 밝히고는 릭스를 봤다.

"……너도 그렇지?"

"그래. 나는 릭스 프레스탯. 에스토리아 마법 학원에 입학하려고 이 사지를 찾아왔지."

그 말에 애니와 랜디가 눈을 번쩍 뜨고 소리쳤다.

"뭐어어어?! 네가?!"

"그 릭스 프레스탯이야?!"

그 순간, 릭스는 반사적으로 허리춤의 칼을 잡고 착란이라도 일으킨 것처럼 주위를 경계했다.

"어, 어떻게 날 알아?! 설마 현상범 수배서가 여기까지 나붙었나?! 히이이이이이이이익?!"

"아니야! 아니라고! 그보다 너한테 괜히 말 걸었다고 진짜 후회되기 시작했어! 정말로 너 뭐야?!"

"리, 릭스…… 진정해. 너는 올해 신입생 사이에서 제법 유명인이야."

주위를 경계하는 릭스를 달래듯 애니가 말했다.

"특대생. 원래 공정하고 엄격한 입학시험과 적성 심사에 합격하지 않으면 절대로 입학할 수 없는 에스토리아 마법 학원이 모든 절차를 무시하고 특별히 초대해 입학한 학생. 학원이 어떻게 특대생을 선별하는지는 모르지만…… 특대생은 예외 없이 **범상치 않은 마법 재능**을 가졌어."

"그런 특대생이 올해는 두 명이나 나왔다고 다들 난리야. 근데 그게 설마 너였을 줄이야……."

"……!"

아닌 밤중에 홍두깨 같은 이야기에 릭스는 그만 입을 다물어 버렸다.

릭스가 용병을 그만두고 마술사가 되려고 마음먹은 계기는 어떤 전쟁터에서 동료들과 사이좋게 시체 전리품을 뒤지던 도중, 대뜸 릭스 앞에 웬 요정이 나타나서 한 통의 편지를 건넸기 때문이었다.

그것이 지금 릭스의 가슴 포켓에 든 『에스토리아 마법 학원 특별 입학 초대장』이었다.

문장이 두 줄 이상이면 몰려오는 잠기운을 필사적으로 참으며 가까스로 읽어 보니…… 잘은 모르겠지만, 마법 학원에 공짜로 다니게 해주겠다는 내용이었다.

그때는 재수가 좋다는 생각밖에 안 했지만, 이 두 사람의 반응을 보면 제법 대단한 일인가 보다.

애초에 전장을 전전한 릭스도 한창 사춘기인 10대 소년.

평범하지 않다, 특별하다…… 그런 말을 듣고 기분이 나쁠 리 없었다.

오히려 뻐기고 싶다.

"그래~? 평범하지 않나~? 나 정도면 평범하다고 생각하는데~? 이상하네~."

"뭐…… 평범하진 않지."

"응."

들뜬 릭스에게 랜디가 어이없는 눈길을 보내고, 애니가 애매한 미소를 띠며 고개를 끄덕였다.

"그래서 어떤 특별한 마법을 쓰는 거야? 특대생이 될 정도면…… 이미 마법은 쓸 줄 알지? 나도 알려줘."

"아, 안 돼, 랜디. 아무리 그래도 예의가 아니야. 마술사는 자기 기술을 숨기는 법이니까."

흥미진진하게 묻는 랜디를 애니가 타이른다.

"아, 아니…… 어떤 마법이고 자시고 나는……."

마법 같은 건 배운 적도 없다…… 릭스가 그렇게 대답하려던 그때였다.

쿠우우우우우우웅!

바다 위인데 갑자기 지진이라도 난 것 같은 충격이 배를 덮쳤다.

"으악?!"

"꺅!"

아래에서 치고 올라온 충격으로 랜디와 애니의 몸이 붕 떠올랐다가 바닥에 떨어졌다.

"응? 뭐야, 지금 충격은."

그 와중에 릭스는 아무렇지도 않게 제자리에 서서 주변을 두리번거리고 있었다.

마치 배 자체에 뿌리라도 박은 듯한 안정감. 경이로운 코어 근육이었다.

"어, 어라? 릭스, 너…… 어떻게 그렇게 멀쩡하게……?"

랜디의 의문을 가로막듯 고함이 터졌다.

"해마(海魔)다아아아아아아! 해마가 나왔다아아아아아아아—!"

그 직후, 배 주위의 해수면에서 무수한 물기둥이 하늘을 찌를 기세로 솟구쳤다.

그리고 그 물기둥을 가르고 나타난 것은 거대한 촉수였다. 표면에는 거대한 빨판이 빼곡하게 들어차 보는 이로 하여금 혐오감을 일으켰다.

곧 배 옆에 큰 소용돌이가 발생하고, 그 중심부에서 거대한「본체」가 모습을 드러냈다.

선박이 장난감처럼 보일 만큼 큰 오징어. 그 괴물이 바로 유사 이래 셀 수 없이 많은 뱃사람을 물고기 밥으로 만든

저주받은 해마— 크라켄.

몸통에 박힌 거대한 눈알 두 개가 갑판에 있는 사람들을 내려다봤다.

그 거구가 오늘의 양식을 찾은 것처럼 서서히 배로 접근해 왔다.

"으, 으아아아아아아아아아아?!"

"아…… 아아…… 아아…….."

얼어붙은 사람들의 모습은 흡사 사자 앞의 사슴이었다.

랜디는 공황 상태에 빠졌고, 애니는 주저앉은 채로 넋이 나갔다.

갑판 위에는 그들 말고도 에스토리아 마법 학원의 신입생으로 보이는 인원이 대거 있었지만…… 하나같이 비명을 지르며 도망치기 바빴다.

"젠장, 어떻게 된 거야! 이 해역에 해마가 나올 리 없는데!"

얼마 지나지 않아 선장과 선원으로 보이는 이들이 허겁지겁 갑판으로 나왔다.

"어, 어떡하죠, 선장님?!"

"저 크고 물컹한 몸에는 칼이나 대포가 안 먹혀……. 대항할 수단은 마법뿐이야!"

"하지만 원래 여기는 마물이 없는 안전 해역이라고요! 마술사 호위는 한 명도 고용하지 않았잖아요!"

"큭, 찾아! 승객 중에서 마법을 쓸 줄 아는 사람을! 다행히 이 배는 에스토리아로 가는 길이야! 마법으로 싸울 줄 아는 사람이 한 명은 있겠지!"

그런 대화 끝에 선원들이 「선내에 마술사 계십니까!」라고 외치기 시작했다.

황망한 선원들을 멍하니 바라보며 릭스는 생각에 빠졌다.

'마술사는 세계에서 가장 굶어 죽을 걱정이 없는 직업. 그중에는 당연히 전투를 업으로 삼는 마술사도 있어……. 물론 나는 안 할 거지만!'

그건 그렇고 일단 저 해마를 어떻게든 해결해야 한다.

거대 오징어에게 먹히는 건 더 싫으니까.

릭스는 랜디와 애니를 돌아봤다.

그리고 파이팅! 이라고 말하듯 해맑게 웃으며 엄지를 세웠다.

"좋아. 너희가 나설 차례야! 마법으로 저걸 해치워줘!"

그러자 랜디가 릭스에게 버럭 소리쳤다.

"우, 웃기지 마! 너 같은 특별한 인간과 달리 우리는 아직 마법을 못 써! 「스피어」를 안 열었다고!"

"스피어……?"

어리둥절하게 쳐다보는 릭스에게 애니가 떨면서 말꼬리를 이었다.

"응…… 아마 이 배에 탄 신입생은 대부분 아직 마법을 못 쓸 거야……. 그리고…… 쓸 수 있다고 해도……."

애니는 배로 다가오는 무시무시한 해마를 힐끔 봤다.

우연인지 의도한 반응인지 몰라도, 해마가 눈알을 뒤룩 굴려 애니와 눈을 맞췄다.

"힉……."

애니의 얼굴에서 급속도로 핏기가 가셨다. 그녀는 덜덜 떨리는 자기 몸을 감싸고 울먹였다.

"그래……? 하긴, 못 싸우겠지. 징그러우니까. 킁! 적어도 귀엽게 생겼더라면……!"

"아냐! 그런 문제가 아니라고!"

이런 상황에서도 랜디는 태클을 잊지 않았다.

그리고 아니나 다를까, 갑판에 있는 다른 신입생들도 혼란에 빠질 뿐, 맞서 싸우려는 사람은 한 명도 보이지 않았다.

그러는 사이 배에 육박한 해마가 촉수를 들어 올려— 갑판 위로 내리친다.

그때였다.

애니와 랜디는 봤다. 보고 말았다.

"앗!"

"저 애……!"

갑판의 반대편 난간에 한 소녀가 홀로 남아 있었다.

백발이 인상적인 소녀였다.

눈앞으로 다가온 해마를 보고 넋이 나가 버린 것일까.

소녀는 도망치려고도 하지 않고, 숨으려고도 하지 않았다.

그런 소녀의 머리 위로 해마의 촉수가 떨어진다―.

"야! 거기 너! 위험해!"

"도, 도망쳐!"

그런 랜디와 애니의 외침도 허망하게 허공에 울릴 뿐.

거대한 촉수가 소녀를 무자비하게 뭉개 버린다고 생각한 순간―.

촥!

갑자기 촉수가 절단돼 하늘로 튕겨 오르듯 엉뚱한 방향으로 날아갔다.

그리고 배에서 멀리 떨어진 수면을 세차게 때리고 가라앉았다…….

"응?!"

"뭐야……?"

돌아보니 백발 소녀 앞에 칼을 뽑아 든 릭스가 있었다.

해마에게서 소녀를 감싸는 모양새였다.

"리, 릭스?!"

"어, 어라?! 저 녀석, 언제 저기까지?!"

애니와 랜디는 놀란 표정으로 릭스가 지금 있는 곳과 자기들이 있는 곳을 번갈아 봤다.

아무리 봐도 제법 거리가 있다. 절대로 한걸음에 이동할 수 있는 거리가 아니다.

그런데 바로 직전까지 여기 있던 릭스가 어느새 저기로 가 있었다.

심지어…… 정황상 단칼에 해마의 촉수를 잘라 버린 모양이었다.

"말도 안 돼…… 대체, 어떻게 된 거야……?"

"설마…… 설마 이게 저 녀석의 마법인가?!"

"공간 전이 마법에, 검에 부여하는 강력한 부주(附呪) 마법…… 둘 다 무시무시한 수준이야!"

"괜히 특대생이 아니었어! 대단하잖아, 릭스!"

두 사람은 흥분해서 떠드는 반면, 그 앞에 선 릭스는 뭐라고 말하기 힘든 심정이었다.

'아니…… 그냥 뛰어와서 그냥 칼질했을 뿐인데……?'

실제로 릭스는 마법을 아예 쓰지 않았다. 아니, 애초에 못 쓴다.

검도 최근 적당한 무기점에서 새로 장만한 평범한 검이었다(원래 쓰던 검은 사람과 마물의 피, 기름으로 새까맣게 얼룩져 사람들 앞에서 꺼내기가 창피했다).

그래서 **늘 하던 대로 했을 뿐**이었다.

'뭐, 지금은 그보다도…….'

릭스는 뒤를 힐끔 돌아봤다.

그곳에는 백발 소녀가 변함없는 모습으로 우두커니 서

있었다.

기묘한 소녀였다.

다 타버린 재처럼 새하얀 머리. 발자국 하나 없는 눈밭보다 흰 피부. 마치 얼음 같은, 길게 찢어진 아이스 블루 색상의 눈.

하지만 소녀는 어디도 보고 있지 않았다. 소녀를 구해준 릭스도, 방금 그녀의 목숨을 앗아가려고 한 해마조차도.

그녀의 눈동자에 감도는 빛은 무한한 허무였다.

그녀는 겁먹고 위축되지 않았다.

그저 관심이 없는 것이다. 해마에게도, 자기 목숨조차도.

'뭐, 뭐야, 이 애는……?'

상식적으로 이해하기 힘든 소녀의 태도에 릭스마저 묘한 오한을 느낄 정도였다.

하지만 그 이상으로, 그 오한을 뛰어넘을 만큼— 소녀는 아름다웠다. 숨이 막힐 정도였다.

요정을 연상케 하는 가녀린 외모. 청초함과 요염함을 겸비한 몸매.

전혀 꾸미지 않았건만, 소녀는 너무나도 예술적으로 완성되어 있었다.

아무것도 비추지 않는 공허한 시선이 허공을 헤매고, 불어오는 바닷바람이 백발을 뒤헝클어도 요지부동…… 그것만으로 한 폭의 그림 같았다.

인간이 범접하기 힘든 신성불가침의 마성을 가진 유리 세공품…… 그것이 그녀였다.

"너, 괜찮아?"

영원히 바라보고픈 충동에 휩싸이지만, 숱한 전투를 겪은 용병답게 릭스는 스위치라도 누른 듯 사고를 전투 모드로 전환했다.

소녀에게서 눈을 떼고 정면에서 몸부림치는 해마와 마주한다.

"위험하니까 물러나 있어."

릭스가 그렇게 경고하고 해마에게 정신을 집중한 그때.

릭스는 들었다. 소녀가 중얼거린 소리를.

또렷하게, 분명히 이렇게 말했다.

"괜한 짓을……."

피로에 전 듯 어딘지 모르게 퇴폐적이고, 이 세계의 모든 것을 포기한 듯한 목소리.

'응?'

그게 무슨 소리냐고 릭스가 무심결에 돌아보려는데…….

쾅!

갑자기 해마가 맹렬한 불길에 휩싸였다.

불은 회오리가 되어 해마를 태우고 있었다.

배를 촉수로 휘감아 침몰시키려던 해마가 수면에서 격렬하게 몸부림쳤다.

신기하게도 불타는 몸을 바닷물에 담가도 불은 꺼질 기미가 없었다.

꺼지지 않는 불을 어떻게든 하려고 해마는 배를 놔두고 날뛰었다.

'뭐야?!'

갑판까지 밀려드는 열기와 열풍에 릭스가 살짝 놀란 눈으로 경계하는데…….

"흐음, 안타깝군……. 1등은 빼앗겼나."

어느샌가 릭스 옆에 새로운 소녀가 나란히 서 있었다.

불타는 것처럼 붉고 긴 머리, 기가 세 보이는 진홍색 눈동자.

시원하게 뻗은 팔다리는 군살이 없고, 사냥감을 노리는 맹수 같은 육체미마저 느껴졌다.

"내 무위를 화려하게 세상에 떨칠 기회라고 생각했건만."

'아. 제법 하겠어, 이 애.'

베테랑 용병 릭스가 순간적으로 그렇게 판단할 만큼 그녀에게는 빈틈이 없었다.

무엇보다 아름답다. 그게 가장 중요했다.

야성미가 느껴지면서도 야만적인 느낌이 전혀 없고, 태생의 고귀함을 숨길 수 없는 미모는 생기와 자신감으로 가득했다.

비유하자면 혈통서가 있는 우아한 고양이. 백발 소녀가 무기질 예술품 같다면 이 적발 소녀의 아름다움은 넘쳐흐르는 생명력에 있었다.

몸을 치장한 수많은 장식품과 고급스러운 여행용 드레스로 보아 소녀는 고귀한 가문의 여식 같았다.

그런 소녀가 불티를 두른 호화로운 세검— 레이피어를 세워 들고 릭스 옆에 서 있었다.

"그나저나 이 해마에 맞설 기개 있는 강자가 이 몸 말고도 있다니…… 칭찬해 주마. 흐흥, 거기 소년, 상으로 이름을 들어주겠다."

당당하게 웃으며 레이피어를 우아하게 해마에게 겨누는 소녀에게 릭스는 담백하게 답했다.

"아뇨, 됐네요."

"이, 이건 순순히 이름을 밝힐 상황 아니냐?! 지금 그대는 어마어마한 명예를 얻은 거야! 엄청 대단한 거라고! 진짜!"

"에이, 명예가 밥 먹여주나……. 그보다 네가 누군데?"

"으으…… 내 얼굴을 알아보지 못하는 것도 모자라 먼저 이름을 대라는 천치가 있을 줄이야……! 그래, 좋다! 넓은 아량을 보이는 것도 위대한 자의 숙명! 명심해서 듣거라!

그리고 영혼에 새기거라! 이 몸의 이름은 세레피나 올드란!
그 유명한 《홍염희(紅炎姬)》가 바로 이 몸이시다!”

그렇게 소녀— 세레피나는 득의양양한 표정을 짓지만…….

“그래서, 누구라고?”

“뭐어어?! 나를 몰라?!”

릭스의 냉담한 대답에 충격을 받고 눈물을 글썽였다.

“우으으…… 나, 제법 유명하다고 생각했는데……. 지금
까지 이름을 말하면 모르는 사람이 없었는데…….”

그때였다.

“다, 당신이 그 세레피나 올드란 공주 전하라고요?!”

“세상에, 정말로?!”

뒤쪽에서 애니와 랜디가 화들짝 놀라서 소리쳤다.

돌아보니 두 명이 있었다.

아마 백발 소녀를 데리고 가려고 다가왔는지, 두 사람은
아직도 움직이려고 하지 않는 소녀의 팔을 잡고 있었다.

“세레피나 올드란…… 알아?! 애니! 랜디!”

“그야 당연하지! 그보다 넌 왜 몰라?!”

“세계 최강의 군사 대국, 올드란 제국의 제3 황녀님이셔!
젊은 나이에 제국의 군사, 정치, 외교까지 다방면으로 활약
하는 세계적인 유명인!”

“올해 에스토리아 마법 학원에 입학한다는 소문은 들었
는데……!”

몸 둘 바를 모르겠다는 양 허둥대는 애니와 랜디에게 릭스는 이렇게 말했다.

"아, 올드란 제국…… 거긴 씀씀이가 안 좋아서 싫어……. 돈도 많으면서 이상하게 좀생이처럼 굴더라. 윗사람 성격이 쩨쩨한가? 어떻게 생각해, 세레피나."

"그만 그대를 베어 버리고 싶다."

이마에 핏줄이 불거진 세레피나가 릭스의 목에 레이피어를 들이댔다.

애니와 랜디는 식은땀을 흘리며 쩔쩔맸다.

"에잇, 됐다! 용서하마! 지금은 그럴 때가 아니니까!"

볼을 빵빵하게 부풀린 세레피나가 릭스에게서 눈을 떼고 다시 해마를 봤다.

해마는 온몸에 붙은 불을 막 끈 참이었다.

하지만 불탄 부분은 겉면뿐. 어중간하게 다친 탓에 격노했는지, 절대로 놓치지 않겠다는 양 배를 노려보며 촉수를 꾸물거리기 시작했다.

이대로 가다가는 저 촉수에 붙잡혀 배가 바다 밑바닥으로 가라앉는 것도 시간문제다.

"나는 침대 위에서 손주들한테 둘러싸여 죽을 예정이야. 바다에 가라앉아 죽기는 싫어. 지금은 싸울 수밖에 없나……. 협력, 기대해도 되겠지? 세레피나."

"으으~."

그러자 세레피나가 불만스럽게 입술을 삐죽 내밀었다.

"뭐, 뭐야……?"

"으으으~, 나는…… 나는 이름을 말했을 텐데? 통성명은 출신 불문, 만국 공통의 예의 아닌가?"

"앗, 그랬지. 미안! 나는 릭스. 릭스 프레스탯이야."

"릭스인가. 흠…… 좋은 이름이군. 기억했다."

"뭐?! 어디가 좋다는 거야?! 평민 사이에선 흔히 보이는 몰개성한 이름인데?! 너, 센스 괜찮아?!"

"예의상! 예의상 하는 말이다! 에잇, 그대와는 정상적인 대화가 안 돼! 일단은 힘을 합쳐 저 녀석을 해치우자! 나에게는 해야만 할 일이 있다! 이런 곳에서 쓰러질 수는 없어!"

"그래, 나도 같은 마음이야. 미리 마법 학원에 보낸 짐에서 야한 책을 처분하기 전에는 죽을 수 없지, 안 그래?!"

"그대와 똑같이 취급하지 마라! 정말 불경죄로 처단해 버린다?!"

동지를 발견한 것처럼 진지한 표정으로 바라보는 릭스에게 세레피나가 얼굴을 새빨갛게 물들이고 소리쳤다.

"어, 어쨌든…… 싸우려면 조심해, 릭스! 공주 전하도요!"

"무운을 빌게요……!"

랜디와 애니가 이런 상황에서도 반응이 없는 백발 소녀를 억지로 끌고 물러났다.

이렇게 엉뚱한 급조 콤비의 싸움이 시작되었다─.

해마 크라켄.

압도적 거구와 압도적 괴력으로 유사 이래 뱃사람들을 공포와 절망의 구렁텅이로 떨어뜨려 온 막강한 바다의 마물.

하지만 그 괴물의 유일한 오산은…… 이번에 사냥감으로 정한 배에 릭스와 세레피나가 함께 타고 있었다는 점이다.

"하아아아아아아아압—!"

세레피나가 찢어지는 기합과 함께 레이피어를 들었다.

그러자 레이피어 날에서 진홍색으로 타오르는 화염이 똬리를 틀 듯 솟아올랐다.

그 어마어마한 기세와 열량은 이내 거대한 불기둥으로 화했다.

그리고 그 불길이 회오리치는 폭풍이 되어 해마를 덮쳤다. 불이 마치 자아를 가진 생물처럼 움직여 해마의 표면을 핥고 있었다.

"%#%&'%$#!"#$'?〉〈#'$%#~!"

도저히 견딜 수 없다는 듯 해마가 거대한 촉수를 들어 세레피나를 내리쳤다.

하지만 세레피나는 당황하지도, 초조해하지도 않고—

“어딜!”

다시 레이피어를 우아하게 휘둘렀다.

그러자 칼날에서 피어난 불덩이들이 날아드는 촉수에 명중했고, 연속으로 대폭발을 일으켰다.

폭발의 충격에 촉수가 튕겨 날아갔다.

세레피나의 불 마법이 해마를 완전히 압도하고 있었다.

“대, 대단해⋯⋯. 역시 세레피나 공주 전하는 이미 스피어를 여셨구나⋯⋯.”

“심지어 영창 파기까지⋯⋯. 황녀님은 역시 황녀님인가!”

애니와 랜디가 눈을 동그랗게 뜨고 세레피나의 전투를 멀리서 지켜봤다.

그리고 그건 애니와 랜디뿐만이 아니었다.

“저분이, 그 세레피나 올드란⋯⋯?”

“우리와 같은 신입생인데도, 격이 달라도 너무 달라⋯⋯.”

“이렇게 강할 수가⋯⋯! 게다가, 아름다워⋯⋯!”

“머, 멋있어⋯⋯!”

갑판에 있는 다른 신입생들도 세레피나에게 존경심이 담긴 뜨거운 시선을 보내고 있었다.

“⋯⋯.”

다만, 백발 소녀만은 관심이 없는지 아무것도 없는 바다를 보고 있었다.

그렇지만 이곳에 모인 사람 대부분의 이목을 모은 세레

피나는 날아갈 듯한 기분이었다.

"흐흥. 불은 내가 가장 잘 다루는 마법이지. 더 칭송해라. 찬미해라."

세레피나가 득의양양한 얼굴로 가슴을 폈다.

하지만 그건 실전 경험이 적은 탓에 생긴「군더더기」였다.

해마가 세레피나의 사각에서 기습적으로 촉수를 휘둘렀다.

공기를 찢는 소리와 함께 강렬한 일격이 세레피나에게 날아들었다.

"읏……?!"

세레피나는 냉큼 레이피어에 화염을 두르고 촉수를 베려고 했다.

격렬하게 맞부딪치는 레이피어와 촉수.

하지만 레이피어의 칼날은 촉수에 불과 몇 센티미터 파고들 뿐이었다.

"으으…… 단단해……! 무거워……!"

양손으로 머리 위로 든 레이피어가 촉수를 막고 있었다.

이미 신체 강화 마법을 쓸 줄 아는 세레피나는 마력을 담아서 촉수를 밀어내려고 했다.

하지만 아무리 마법으로 보조한들 세레피나와 해마의 근본적인 힘 차이는 쉽게 뒤집을 수 있는 수준이 아니었다.

해마가 촉수에 더욱 힘을 실어 그대로 세레피나를 뭉개 버리려고 하지만—.

촥! 촥! 촥!

갑자기 그 촉수가 4등분 나서 사방으로 날아갔다.
"……?!"
"세레피나!"
릭스였다. 옆에서 질풍처럼 끼어든 릭스가 검으로 촉수를 절단한 것이었다.
그리고 그런 릭스를 좌우에서 뭉개려는 것처럼 해마가 촉수를 날렸다.
거구에서는 상상하기 힘든, 눈으로 좇기 힘든 속도였다.
하지만 그것을 웃도는 속도와 반응으로 릭스가 움직였다.
"흡—!"
왼쪽에서 날아든 촉수를 상하로 가르고, 오른쪽에서 날아든 촉수를 앞 공중돌기로 피함과 동시에 몸통 연결부부터 절단했다.
잔상조차 따라오지 못하는, 그야말로 찰나의 공방.
눈 깜짝할 사이에 해마의 촉수를 처리한 릭스가 세레피나를 지키듯 앞에 섰다.
그리고 방심하지 않고 검을 고쳐 잡으며 말했다.
"대단한데, 네 불. 믿음직해."
하지만 릭스의 칭찬도 세레피나의 귀에는 들리지 않았다.
"어?"

돌아보니 세레피나가 놀란 눈으로 릭스를 보고 있었다.

그리고 곧 무언가를 깨달은 것처럼 릭스가 절단한 촉수로 눈길을 돌렸다.

세레피나는 무슨 생각인지 레이피어의 불길을 더 맹렬하게 키우더니 촉수 잔해를 힘껏 내리쳤다.

푹! 분명히 칼날은 방금보다 깊이 박혔다. 하지만 절단에는 이르지 못했다.

그 사실을 확인하고 세레피나는 씩 웃었다.

"나 참, 세상은 넓군. 뛰는 놈 위에 나는 놈이 있어."

"응? 뭐라고 했어?"

"후…… 무리해서라도 학원에 들어온 보람이 있다는 말이다."

"……???"

기쁨이 묻어나는 세레피나의 말에 릭스는 어리둥절할 수밖에 없었다.

"역시, 특대생이야……."

"릭스 저 녀석…… 정말로 정체가 뭐야……?"

애니와 랜디도 다시금 릭스의 힘에 놀랐다.

"뭐야, 저 어처구니없는 신체 강화 마법은?!"

"게다가 저 부주 마법……! 대체 검에 얼마나 마력을 쏟아부어야 저런 짓이 가능하지?!"

"저, 저 녀석, 괴물인가……!"

다른 신입생들은 세레피나보다도 더 크게 입이 벌어졌다.

그리고.

"검사……."

대체 무슨 심경의 변화인지, 백발 소녀가 릭스를 보고 있었다.

지금까지 그 무엇에도, 자기 목숨에도 관심을 두지 않던 소녀가 왠지 검을 든 릭스를 곁눈질한 것이었다.

"아무튼! 너무 오래 끌면 배가 못 버텨! 단숨에 끝내자, 세레피나! 네 불로 저 녀석이 못 움직이게 막아줘!"

"나 원, 이 몸을 들러리로 써? 불경한 녀석. 하지만 좋다! 용서하마!"

이리하여 다시 릭스와 세레피나가 전투를 시작했다.

세레피나가 연달아 불길을 일으켜 해마를 태웠다.

뱀처럼 휘감기는 불이 점차 해마의 몸을 속박한다.

그리고 릭스는 멈춘 촉수를 발판 삼아 바다 위를 뛰어다니며— 해마의 몸통에 맹렬한 참격을 퍼부었다.

해마가 고통에 절규한다.

이 배에 탄 인간들은 자기 먹이가 아니라 오히려 자신을 사냥하는 포식자다. —해마가 겨우 그 사실을 깨달았을 때는, 이미 늦었다.

"하아아아아아아아아아아아아앗—!"

세레피나의 화염이 회오리치며 앞을 가로막는 촉수를 불

태우고.

"좋아, 이걸로!"

하늘에서 춤추듯 내려온 릭스의 검이 착지와 동시에 해마의 급소— 눈알과 눈알 사이를 찔렀다.

해마의 단말마 비명에 공간이 진동했다.

수많은 뱃사람에게 공포와 절망의 상징이었던 해마는, 그렇게 천천히 바다 아래로 가라앉았다—.

————.

전투가 완전히 끝난 뒤.

"우오오오오! 릭스, 너는 내 생명의 은인이야아아아아아아—!"

"릭스, 고마워! 정말로 고마워!"

"으아아?!"

릭스는 눈물을 머금은 랜디와 애니에게 양쪽에서 끌어안겨 눈만 깜빡거렸다.

주위에 있는 신입생들과 선장, 선원들도 다행이니 살았느니 하며 부둥켜안고 눈물과 기쁨을 나눴다.

'응? 그러고 보니까 그 애는……?'

문득 아직 이름도 모르는 백발 소녀가 떠올랐다. 릭스는 랜디와 애니 사이에 낀 채 고개를 이리저리 돌려 봤다.

그러자.

“…….”

갑판 아래 선실로 이어지는 계단을 조용히 내려가는 백발 소녀의 뒷모습이 보였다.

이 자리의 소란스러운 환희 따위는 관심도 없다는 것처럼.

혹은— 이 자리에서 도망치는 것처럼.

딱히 릭스는 감사의 말을 듣거나 기뻐해 주리라고는 기대하지 않았다.

딱히 이번 일로 인연이 생겨 좋은 관계로 발전하리라고도 기대하지 않았다.

‘네, 죄송합니다. 거짓말입니다. 살짝 기대했습니다. 나도 남자잖아.’

아무튼 이 이야기는 넘어가자.

제발 넘어가자.

“이상한 애네…….”

그런 생각을 하면서 릭스는 떠나가는 소녀의 뒷모습을 지켜봤다.

————.

“수고하셨습니다, 전하. 정말 눈부신 활약이었습니다.”

세레피나 곁으로 그녀의 시녀— 메이드복을 입은 여성이 그림자처럼 다가왔다.

하지만 시녀의 찬사에 세레피나는 삐진 것처럼 입술을 삐죽였다.

"으으, 빈말이라면 넣어 둬라. 누가 봐도 나는 곁다리였잖나."

"아하하, 그러게 말입니다."

"여기선 빈말이라도 내가 더 대단하다고 해야지?!"

세레피나가 충격받은 표정으로 눈물을 글썽였다.

하지만 곧 진지한 표정을 짓고 시녀에게 슬그머니 말했다.

"그래도 건진 건 있었어. ……알지?"

"예. 조금만 시간을 주십시오. 저 소년…… 특대생 릭스 프레스탯에 관해 철저히 조사하겠습니다."

"그래. 부탁하마."

세레피나가 씩 웃으며 고개를 끄덕였다.

"저 녀석…… 이 몸을 제치고 특대생으로 뽑힌 이유가 있군. 나의 패도에 필요한 사내다……. 내가 조국 올드란 제국을 장악하고 이 세계를 손아귀에 넣기 위해. 녀석의 힘은 나의 끝없는 투쟁 속에서 필시 도움이 되겠지. 어떻게 해서든 재학 중에 녀석을 내 것으로 만들어야 해. 그러기 위해서라면 수단 따위 가리지 않겠다. 크크크."

"별일이네요, 전하께서 그렇게까지 말씀하시다니. 이렇게 홀딱 반하셨을 줄이야…… 어지간히 마음에 드셨나 봅니다?"

"뭐?! 따, 딱히 좋아한다거나 그런 거 아니거든?! 누가 지켜준 경험이 처음이라 가슴이 살짝 설렜다거나 그런 거 절대 아니야! 어, 어디까지나 부하! 수하! 졸개로서 말이지―!"

"전하, 너무 쉬운 여자 아닙니까?"

새빨간 얼굴로 허둥지둥 손을 퍼덕대는 세레피나를, 시녀는 미덥지 못한 눈으로 바라봤다.

―――――.

한편― 릭스가 탄 배에서 멀리 떨어진 바다.

수면에 검은 로브를 입고 후드를 깊이 눌러쓴 사람이 서 있었다.

아무런 발판도 없었다. 물 위에 직접 선 것이었다.

그 기이한 인물이 조용히 혀를 찼다.

"예기치 못한 결과로 끝났나……."

그 인물은 휙 돌아서서 수면 위를 걸어갔다.

그 모습이 곧 신기루처럼 일렁거렸다.

"그래. 조금 성급한 감은 있었지. 초조해할 필요 없어. **그런 거**라면 얼마든지 대처할 수 있으니까. 시간도 얼마든지 있고…… 그 학원 안이라면."

듣는 이도 없는 곳에서 그런 말을 홀로 남긴 채 그 인물은 완전히 사라졌다.

─────.

　싸움에서 벗어나고 싶어서, 평화로운 삶을 살고 싶어서 마술사를 꿈꾼 릭스.
　하지만 이미 그 계획에 암운이 드리웠다는 사실을 릭스 본인은 꿈에도 모르고 있었다─.

제2장 에스토리아 마법 학원

에스토리아 공국이 전역을 통치하는 땅이자 소규모 대륙이라고도 부를 수 있는 섬— 로디스 섬.

릭스를 태운 배는 로디스 섬의 동쪽 끝 리바르 반도를 남하해, 내륙으로 파고든 오스만(灣)의 어떤 대도시에 당도했다.

이 대도시가 바로 에스토리아 공국의 수도— 에스톨하임 공도다.

이곳의 분위기는 꾸밈없이 중후한 기품을 중시하는 올드란 제국이나 전통적 귀족주의를 내세워 화려하면서도 고리타분한 포르세우스 왕국과는 다르다.

이곳이야말로 시대의 최첨단.

격자 모양으로 깔린 길을 따라서 수많은 첨탑, 아치, 뾰족한 지붕이 특징적인 건물이 줄지어 섰다. 그것들은 하나같이 호화롭고 예술적이며 세련된 분위기를 연출했다.

이곳 에스톨하임 공도는 주로 네 구역으로 나뉜다.

우선 남쪽의 상업 지구. 대륙과 공국을 잇는 현관인 항구부터 모험가 길드, 번화가 등이 있는, 언제나 활기가 넘치는 불야성이다.

다음으로 동쪽의 일반 주택가. 광장과 자연공원도 많으며 남부에 비해 분위기가 차분한 구역이다.

이어서 북쪽의 행정 단지. 에스토리아 공이 거주하는 에스토란드 궁전과 귀족들의 타운하우스, 각국 대사관, 행정 청사 등이 있으며 에스토리아 공국의 모든 행정 기능이 이 구역에 밀집되어 있다. 거리의 외관이나 분위기도 더욱 세련되고 화려하다.

그리고 그런 대도시의 소음에서 벗어난 서쪽 교외. 이곳에 에스토리아 마법 학원이 있다.

에스토리아 마법 학원은 3년제 전원 기숙형 마술사 교육 기관이자 세계 최고봉의 마법 연구 기관이다.

릭스는 크라켄 사건으로 인연이 닿은 애니, 랜디와 함께 학원으로 향했다.

근처 학생가(學生街)에서 정기적으로 오가는 역마차를 타고, 좌우로 조용한 숲이 펼쳐진 통학로를 달려 겨우 학원 정문에 도착했다.

"여기가 에스토리아 마법 학원인가."

풍요롭고 아름다운 자연 속, 주변을 성벽으로 차단한 광대한 학원 부지 안에서 마치 성처럼 거대한 건물이 릭스 일행을 맞이했다—.

올려다봐야 할 만큼 높고 호화로운 정문을 넘자 정원에서 선배들이 기다리고 있었다. 그들은 일행을 교사 안으로 안내했다.

교사는 기본적으로 석조며 실내 장식은 귀족 저택처럼 호화로웠다.

일행이 안내받은 곳은 교무실이었다. 그곳에서 일단 릭스는 랜디, 애니와 헤어져 입학 및 입사에 관한 절차들을 진행했다.

수속 절차를 마친 릭스에게 흰색 바탕의 로브가 지급됐다. 담당자는 그것을 입고 대형 홀로 가라고 지시했다.

안내도를 따라서 미로 같은 교사를 걷다 보니 대형 홀이 나왔다.

연회나 집회에 쓰이는 곳일까. 천장이 높고 널찍한 데다가 호화롭기까지 한 공간이었다.

그곳에는 이미 릭스와 같은 신입생으로 보이는 학생이 대거 모여 있었다.

다 합치면 120명 정도 될까?

릭스와 같은 흰 로브부터 파란 로브, 빨간 로브까지……세 가지 로브를 입은 학생들이 각각 40명 전후로 있고, 같은 로브 색끼리 그룹을 이뤄 담소를 나누고 있었다.

"야, 릭스—! 여기야!"

"릭스—!"

갑자기 이름을 불려서 돌아보자 랜디와 애니가 손을 흔들고 있었다. 두 사람 모두 릭스와 같은 흰색 로브를 입었다.

"하! 너도 《백학급》이냐!"

"후훗, 3년 동안 잘 지내자!"

랜디와 애니가 기뻐하며 말하지만, 정작 릭스는 어리둥절할 따름이었다.

"뭐야? 너 몰라? 이 학원은 《백학급》, 《적학급》, 《청학급》으로 학급이 나뉘고 수업도 학급별로 따로 들어. 기숙사도 같은 학급끼리 쓰고."

"아하하, 같은 기숙사라도 남자와 여자는 다른 층에서 생활하겠지만……. 그래도 같은 학급 학생은 필연적으로 함께 지내는 시간도 훨씬 많아."

"아하, 로브 색으로 학급이나 기숙사가 나뉜다……."

그렇게 말하던 릭스가 갑자기 심란한 표정을 지었다.

"그런데 흰색…… 백학급이라…… 으음……."

"왜 그래? 뭘 그렇게 끙끙거려? 우리랑 같은 반이라서 싫어?"

"아니, 그건 오히려 기뻐. 다만, 기왕이면 《적학급》이 좋아 보여서."

"응? 왜?"

“왜냐니, 흰색은 눈에 띄잖아? 피가 튀면.”

“…….”

“…….”

랜디와 애니의 얼굴이 굳는데도 릭스는 시시덕거리며 말을 이었다.

“빨간색은 좀 튀어도 되는데. 그치?”

“뭐, 뭐가 튀어도 된다는 거야……?”

“넌 왜 말을 꼭 그렇게 살벌하게 하냐?”

그때였다.

“흐흥! 그대들, 또 만났구나!”

유난스레 밝고 거만한 목소리가 세 사람의 귀를 때렸다.

돌아볼 필요도 없다. 이 목소리는 세레피나다.

릭스 일행과 같은 흰 로브를 입은 그녀가 팔짱을 낀 채 위풍당당하게 서 있었다.

“고, 공주 전하?!”

“세레피나 님?! 저, 그게, 평안하신지요?”

랜디와 애니는 허둥대며 자세를 고치려고 했다.

그런 두 사람을 세레피나가 제지했다.

“훗…… 존칭도 존대도 필요 없다. 지금 나는 황녀가 아니라 단순한 세레피나. 그대들과 똑같이 마도에 매진하는 일개 학생이다.”

“그래그래. 우리는 같은 학생이니까 괜히 부담 갖거나 신경 쓸 필요 없어.”

릭스는 스스럼없이 세레피나의 어깨에 팔을 걸치고 방긋 웃으며 엄지를 세웠다.

“그렇지? 세레피나.”

“그대는 조금쯤 신경 써야 할 것 같지만…… 좋다. 용서하마.”

세레피나는 못마땅한 눈으로 표정 관리를 했다.

“저…… 세레피나 씨도 저희와 같은 《백학급》이셨군요…….”

“그래. 본심을 말하자면 이 몸에 어울리는 고귀한 색상, 《적학급》이 되기를 바랐지만…… 아무래도 흰색과 인연이 닿은 모양이로군. 그 덕에 그대들과 3년간 함께 지내게 됐다. 기쁘구나.”

애니의 말에 세레피나가 호들갑스럽게 고개를 끄덕였다.

그리고 랜디는 별생각 없이 농담으로 말을 이었다.

“그나저나…… 배에서 우연히 만난 네 사람이 한 명도 빠짐없이 같은 학급이 되니까…… 뭔가 작위적인 느낌 들지 않아? 뭐, 당연히 우연이겠지만.”

그러자 그 순간, 세레피나가 어깨를 흠칫거렸다. 그리고 손을 휘휘 저으며 이상하게 빠른 말투로 변명했다.

“아, 아니야! 처음에는 《적학급》이었지만, 릭스와 같은

학급이 좋아서 돈과 권력으로 《백학급》이 됐다거나 그런 거 아니야!"

"풉—! 그래, 랜디! 말이 되냐? 세레피나 말대로 그런 일이 있을 리가 없잖아! 아하하하하!"

"갑자기 머리가 아프네……."

"아, 아하하…… 왠지 파란만장한 3년이 될 거 같아."

그런 세레피나와 릭스를 보며 랜디가 미심쩍은 눈길로 한숨 쉬고 애니는 애매하게 웃었다.

바로 그때였다.

"야…… 너, 지금 나 무시하냐?!"

조금 떨어진 곳에서 고함이 들렸다. 학생들을 통해 웅성거림이 전파됐다.

돌아보니 엮이기 싫다는 듯 휑하게 뚫린 인파의 구멍 중심에 학생이 몇 명 있었다.

한 명은 릭스 일행이 배에서 만난 백발 소녀로, 하얀 머리칼에 잘 어울리는 흰색 로브를 입었다. 그녀도 《백학급》인가 보다.

그리고 붉은 로브를 입은 남학생이 그 소녀의 멱살을 잡고 잡아먹을 듯이 노려보고 있었다.

랜디보다 큰 키에 딱 벌어진 어깨…… 다부진 몸과 자세를 보면 무술을 제대로 배운 인물이었다. 우악한 얼굴은 사람을 진심으로 얕잡아보는 듯한 조소를 머금었고, 소녀의 얼굴을 쏘아보는 눈은 야욕에 차 있었다.

"똑바로 들어. 못 들은 것 같으니까 한 번 더 말해준다. 내가…… **고든 글로라일**이 너 같은 미천한 평민 여자를 「마음에 든다」라고 했어. 분에 넘치는 영광 아니냐?"

"……."

"그러니까 오늘부터 너는 내 거야. 그렇게 결정 났으니까 《백학급》에서 《적학급》으로 옮겨. 방도 나와 같이 쓴다. 매일 밤 귀여워해 주지. 우리 가문의 힘이 있으면 그 정도 규칙 따위 무시해도 돼. 솔직히 너도 좋잖아? 다름 아닌 글로라일의 총애를 받을 수 있으니까. 적어도 질릴 때까지는 키워줄게. 헤헤헤……."

그러자 고든의 똘마니 같은 붉은 로브 남학생 두 명도 징그럽게 히죽대며 한마디씩 거들었다.

"캬하하하하! 고든 씨, 우리한테 넘겨주기 전에 너무 망가뜨리면 안 됩니다~?"

"그래요! 웬일로 예쁜 게 걸렸는데!"

"그나저나 이 얼굴 좀 봐. 휘이~, 이런 미녀는 난생처음 봤어!"

똘마니 남학생 한 명이 소녀의 턱을 거칠게 들어 올렸다.

"누가 아니래! 이거랑 비교하면 다른 여자들은 감자로밖에 안 보여!"

다른 남학생은 소녀의 허리와 다리를 더듬거렸다.

들어주기 힘든 모욕. 상상하기 힘든 굴욕.

그런데도…….

"……."

소녀는 말이 없었다. 반응도 없었다. 자신을 둘러싼 남학생들은 눈에 들어오지도 않는 것 같았다.

그만하라고 거절하지도 않거니와 겁먹지도 않았다. 허세를 부리며 반항하지도 않는다. 보복할세라 순종하며 알랑거리지도 않는다.

백발 소녀는 고든 패거리가 기대하던 반응을 단 하나도 보여주지 않았다.

그래서 시비를 걸던 고든 패거리도 조금씩 짜증이 나기 시작했다.

"야…… 뭐라고 한마디라도 해 보지 그러냐? 엉?!"

그때였다.

지금까지 시간이 멈춘 것 같던 백발 소녀가 갑자기 입을 움직였다.

"……관심 없어."

"뭐?"

"관심 없다고. ……마음대로 하지 그래?"

""크……?!"""

　그렇게까지 말했으면서 백발 소녀는 여전히 그들을 안중에도 두지 않았다. 진심으로, 절망적일 만큼 관심이 없는 것이다. 그들에게도, 자신에게도.
　그리고 그런 소녀의 태도는 고든 패거리의 자존심을 건드리고도 남는 것이었다.
　"까불지 마. 스피어도 안 열린 평민「우자(愚者)」주제에."
　소녀의 멱살을 잡은 고든의 눈에 위험한 색채가 짙어져 갔고…….

　"어딜 가나 있군, 저런 쓰레기들은."
　세레피나가 치를 떨며 욕을 내뱉었다.
　"더는 못 봐주겠다. 선생들을 부를 필요도 없어. 내가 직접 처단해 주마."
　"잠깐."
　걸음을 떼려던 세레피나의 어깨를 릭스가 붙잡았다.
　"막지 마라, 릭스."
　"일단 진정해 봐. 너는 원만한 해결법을 잘 모르는 것 같아. 가서 무작정 싸울 생각이지?"
　릭스가 레이피어 자루를 잡은 세레피나의 손을 가리켰다.
　"이 자리는 나한테 맡겨주지 않을래? 걱정하지 마, 저런 부류를 다루는 데는 익숙하니까."
　그러고는 자신만만하게 윙크했다.

“으음…… 그대가 그렇게까지 말한다면 이번에는 양보하지…….”

세레피나는 마지못해 물러났다.

그러자 이번에는 랜디가 릭스에게 경고했다.

“릭스, 조심해. 저 녀석, 글로라일이라고 했어.”

“응? 그게 왜?”

“자세한 설명은 생략하겠지만, 에스토리아 공국에서는 제법 힘이 강한 마법 명문 귀족이야. 정말로 원만하게 수습하지 않으면 앞으로 학원 생활에 지장이 생겨.”

“괜찮아, 괜찮아! 평화롭게 끝낼게. 보고만 있어!”

릭스는 걱정스럽게 바라보는 랜디와 애니를 뒤로하며 가벼운 발걸음으로 고든 패거리에게 다가갔다.

“하여간, 너같이 건방진 여자는 꼭 당해 봐야 정신을 차리지!”

고든이 아무 저항도 하지 않는 백발 소녀에게 주먹을 든 그 순간.

“스톱! 스톱~! 거기 너희! 폭력은 안 돼! 폭력은!”

고든과 백발 소녀 사이로 릭스가 끼어들었다.

“엉? 뭐야, 넌?!”

뜬금없는 난입자를 보고 고든이 눈썹을 더 험악하게 치켜올렸다.

그런 고든에게 릭스는 온화한 미소를 지으며 진지하게 말했다.

"인간에게는 언어라는 아름다운 소통 수단이 있어. 제대로 이야기를 나누면 더 좋은 해결책을 찾아낼 수 있을 거야. 그러니까—."

당연히 이야기를 들어줄 생각이 없는 고든은 주먹으로 릭스를 닥치게 하려고 했다. 그 순간.

"—죽어어어어어어어어어어어어어어어어어어어어!"

그보다 빠르게 릭스가 소리치며 날린 혼신의 라이트 펀치가 고든의 안면에 꽂혔다.

"푸헤에에에에에에에에에에에에엑?!"

고든은 그대로 **세로로** 회전하며 날아갔다.

학생들이 냉큼 좌우로 갈라져 날아오는 고든을 피했다.

고든은 결국 벽에 부딪힌 뒤에야 바닥에 떨어졌다.

"고, 고든 씨?!"

"이 자식이 어디서 감히—."

똘마니들이 허둥대며 릭스에게 달려들었다.

"다들 멈춰!"

오른쪽에서 덤빈 똘마니가 릭스의 펀치에 나가떨어진다.

"폭력으로는 아무것도 해결하지 못해!"

왼쪽에서 덤빈 똘마니가 릭스의 킥에 나가떨어진다.

"진정하고 대화를 나누면 우리는 서로를 이해할 수 있어!"

"말이랑 행동이 다르잖아아아아아아아아아아!"

픽픽 쓰러지는 고든 패거리를 향해 진지하게 호소하는 릭스. 랜디가 거의 의무적으로 딴지를 걸었다.

"야! 릭스, 너! 평화롭게 끝낸다며?!"

"응?"

그러자 릭스는 뭐가 문제냐는 것처럼 허리춤에 찬 칼을 가리켰다.

"안 뽑았는데?"

"넌 기준이 이상해!"

랜디가 자기 머리를 와락 쥐어뜯었다.

"나도 저렇게까지 할 생각은 없었건만."

세레피나는 눈살을 찌푸렸다.

"아, 아앗……."

애니는 그냥 어찌할 바를 몰랐다.

"이, 이 자식이……! 날 뭐로 보고……!"

생각보다 타격이 없었는지 고든이 휘청거리며 일어섰다.

새빨간 얼굴이 악마처럼 일그러졌다. 완전히 눈알이 뒤집혔다.

고든은 의외로 똑바른 걸음걸이로 릭스 앞까지 다가와 눈을 부라리며 내려다봤다.

"넌 죽었어! 무슨 일이 있어도 내가 죽여 버린다!"

"응? 혹시 너, 사람을 죽인 적 있어? 그럼 우린 친구네!"

의외라며 눈을 크게 뜬 릭스의 말을 듣고, 고든은 순간적으로 할 말을 잃었다.

"뭐? 너, 너 지금…… 뭐라고……?"

"우리, 의외로 좋은 친구가 될지도 모르겠어. 잘 지내자."

그러면서 릭스는 악수하자며 손을 내밀었다.

폭탄 발언을 했는데도 릭스의 표정은 상쾌할 따름이었다.

고든에게는 그것이, 릭스의 얼굴이 왠지 몹시도…….

"죽여 버리겠어어어어어어어어어어어어어어—!"

마음에 불쑥 싹튼 어떤 감정을 부정하기 위해서 고든은 격앙하며 마법을 발동했다.

그리고 그 오른손에 흉악한 번개를 두르고 릭스를 내리찍으려던, 바로 그때였다.

"좋다, 거기까지!"

쿠웅!

갑자기 릭스와 고든의 두 어깨를 막대한 중력이 찍어 눌렀다.

몸이 무겁다. 너무 무겁다. 마치 살과 뼈로 이루어진 육체가 납덩이로 바뀐 것 같은 어마어마한 중력. 너무 무거워서 서 있을 수 없었다.

"흐억?!"

견디지 못한 고든이 그 자리에 엎어져 버렸다.

"큭……?! 이건……?!"

릭스도 한쪽 무릎을 꿇고 초중력에 견뎠다.

"허어?"

돌아보니 어느새 홀 안쪽 단상에 한 남자가 서 있었다.

그는 초중력을 받으면서도 완전히 쓰러지지 않는 릭스를 흥미로운 눈길로 바라봤다.

검은 로브를 입은 미장부였다.

건장한 체격. 사자 갈기처럼 갈색빛이 도는 금발. 지성으로 빛나는 금빛 눈동자. 무술을 모르는 사람이 봐도 알 수 있는 빈틈없는 자세. 확실하게 느껴지는 범상치 않은 오라.

상황이 정리되자 남자는 손가락을 튕겼다.

그것을 신호로 릭스와 고든을 누르던 중력이 사라졌다.

남자는 웅성거리는 신입생 일동 앞에서 당당히 말했다.

"내가 에스토리아 마법 학원 학원장, 대도사 제이크 드레이슨이다!"

남자― 제이크 학원장의 소개를 듣고 학생들이 술렁거렸다.

그런 학생들 앞에서 제이크 학원장이 쩌렁쩌렁하게 고했다.

"제군들은 젊다! 젊은 혈기에 응당 실수도 저지를 수 있지! 오히려 젊을 때 원 없이 실수해 둬라! 그게 젊음이고 그게 청춘이다! 하지만 젊음으로 용서받지 못할 일도 많다! 그중 하나가— 학생끼리 사사로운 싸움에 마법을 사용하는 것! 학원 내에서 허가되지 않은 마법전은 교칙상 전면 금지다! 이를 위반하면 엄벌을 면치 못할 거다! 상황과 조건에 따라서는 퇴학도 있을 수 있다! 그렇지만 오늘은 첫날! 특별히 죄를 묻지 않으마! 남자가 혈기를 주체하지 못하고 치고받는 건 오히려 귀여우니까! 음, 기운이 넘쳐서 아주 보기 좋아! 아무튼! 이제 정위치에 서도록, 제군! 지금부터 입학식을 시작하겠다! —에스토리아 마법 학원에 온 것을 환영한다! 너희의 찬란한 영광은 여기서부터 시작될 것이다!"

제이크 학원장은 온몸으로 쓸데없는 열기를 쓸데없이 풍기는 남자였다.

하지만 본능으로 알 수 있었다. 릭스와 세레피나, 고든……여기 있는 학생들이 전부 덤벼도 제이크에게는 이길 수 없다는 것을.

그만큼 제이크 학원장이 대단한 마술사라고 영혼이 말해 줬다.

"쯧……."

그것을 이해한 고든이 혀를 차면서 《적학급》이 모인 곳으로 돌아갔다.

그리고 릭스 옆을 지나치며 으름장을 놨다.

"목숨 건진 줄 알아. 너 내 얼굴 기억해 둬라?"

"훗…… 구구단도 제대로 못 외우는 나한테 기억해 두라고?"

"그 정도는 좀 외워!"

고든은 씩씩대며 떠났다.

이렇게 사태는 가까스로 수습되었다.

———.

입학식 자체는 특별한 것이 없었다.

어디에서나 보는 정석적인 절차가 순서대로 진행될 뿐이었다.

그러다가 입학식의 마지막을 장식할 제이크 학원장의 훈화 말씀이 시작됐다.

『—고로! 제군들이 마법을 배우는 의미와 책임을 가슴에 새겨주길 바란다! 힘 있는 자에게는 책임이 따른다! 재능 있는 자는 그 재능을 사회에 환원할 의무가 있다! 그 힘을! 재능을! 사리사욕을 채우는 데 써서는 안 된다! 이 학원에 있는 너희는 이미 힘을 가졌다! 타인에게 없는 재능을 타고 났다! 그것을 앞으로 어떻게 연마하고 어떻게 사용할 것인 가, 어떤 인생을 살 것인가! 재학 중에 곰곰이 생각해 보도록! 아마 제군들도 알겠지만, 최근 《기도파》라는 개탄스러운 학벌이 이 학원에 뿌리내렸다! 그렇다! 그 사악한 《땅거미의 마왕》을 시조라고 떠받들며 안이하게 힘을 얻고자 금기 마법을 추구하는, 마술사를 칭할 자격도 없는 작자들이다! 제군들은 올바른 신념을 함양해 경솔한 유혹에 넘어가지 않도록―.』

마법으로 소리를 키운 제이크 학원장의 이야기는 릭스에게 자장가나 마찬가지여서 잠이 솔솔 밀려왔다.
용병 시절부터 선 채로 자는 데 익숙한 릭스가 결국 정신줄을 놓으려던 찰나.

"너…… 목적이 뭐야?"

갑자기 옆 사람이 말을 걸어 잠기운이 날아갔다.
옆을 보니…… 백발 소녀가 서 있었다.
소녀가 먼저 말을 건 것이 의외여서 멀거니 바라보기만 하는데, 그녀는 릭스를 보지도 않은 채 말을 이었다.
"배에서도 나를 구해서 빚을 만들고. 방금도 나를 구해서 빚을 만들고. 너, 목적이 뭐야? 나한테 뭘 원해? 몸? ……딱히 상관없어. 이런 볼품없는 몸이라도 괜찮다면 얼마든지."
"훗…… 날 우습게 보지 마. 나는 그런 건 미래를 약속한 사람하고만 할 거야!"

"흐음……. 소름."

"……?!"

소녀의 말은 감정이 없어서 더 날카롭게 릭스에게 꽂혔다.

"몸이 아니면 뭐? 약자를 구하는 정의감? 강자를 꺾는 우월감? 눈에 띄고 싶다는 허영심이나 자존감 채우기? 뭐가 됐건 시시해."

"음…… 이게 그렇게 복잡한 이야기인가?"

왠지 이상할 정도로 비뚤어진 소녀의 사고방식에 릭스가 머리를 긁적였다.

"다행히 나에게는 싸울 힘이 있어. 그리고 내 힘이 닿는 범위에 도와줄 수 있는 사람이 있고. 그래서 일단 구한 건데…… 그게 그렇게 부자연스럽나?"

"……."

소녀는 입을 다물었다.

"게다가…… 뭐라고 해야 하지……."

말할지 말지 망설이던 릭스는 결국 이렇게 말하기로 했다.

"왠지…… 구해달라고 말하는 기분이 들었어, 네가."

그 순간, 자세히 보지 않으면 모를 정도로 미세하게 소녀의 표정이 흔들렸다.

하지만 금방 허무의 가면으로 돌아와 나지막하게 되물었다.

"……무슨 근거로?"

"감이야. 의외로 잘 맞아. 그 덕분에 오늘까지 살아남았지."

릭스의 모호한 대답을 듣고 백발 소녀는 잠시 말이 없었다.

단상에서는 제이크 학원장의 이야기가 아직도 계속됐다.

잠시 후.

"……소름."

소녀의 가녀린 입에서 예리하기 짝이 없는 혼잣말이 흘러나왔다.

미스릴 검도 이보다는 무딜 것이다.

"너, 진짜 소름 끼쳐. 짜증 나니까 다시는 나한테 참견하지 마."

"제발 그, 말을 좀 돌려서 해주실래요……? 전쟁터에서 생긴 어떤 상처보다 아프니까……."

릭스는 부들부들 떨며 눈물을 머금었다.

'하아~. 이 애한테는 이제 말도 못 붙이겠네…….'

자세히 보지 않아도 아름다운 소녀였다.

친하게 지내고 싶다…… 그런 흑심이 없다면 거짓말일 것이다.

하지만 그 점을 차치하더라도 앞으로 같은 학급에서 3년을 동고동락할 동료 아닌가.

동료라면 좋은 관계를 맺고 싶다…… 그것도 릭스의 틀림없는 본심이었다.

'얘랑 친하게 지내기는 글렀나……. 적당히 거리를 두고

지낼 수밖에 없으려나……'

릭스가 그렇게 한숨 섞어 생각하는데…….

"시노. 시노 화이나이트."

갑자기 소녀가 묘한 말을 중얼거렸다.

"응?"

"……내 이름이야. 딱히 기억할 필요는 없어. 그래도 감사해야 할 사람에게 이름도 밝히지 않는 건, 이상하잖아?"

멀뚱멀뚱 바라보는 릭스 앞에서 백발 소녀— 시노가 아무 감정도 없이 담백하게 덧붙였다.

「고마워」. 일단, 말이나 해 두려고. 그뿐이야."

릭스를 돌아보지도 않은 채, 그렇게 일방적으로 말을 맺은 시노는 그대로 입을 닫아 버렸다.

이미 릭스에게 모든 관심을 잃은 것처럼 그 허무한 눈길은 허공을 헤맬 뿐이었다.

"……."

릭스는 잠시 멋쩍게 머리를 긁다가 시노의 옆얼굴을 봤다.

그리고 마음속으로 중얼거렸다.

'이상한 애네……'

랜디, 애니, 세레피나가 들으면 네가 할 소리냐며 이구동성으로 소리칠 생각을 하는 사이.

『—그러므로 뜨겁게 불타라! 젊은이들이여! 전심전력을

다하여 청춘을 즐겨라! 후회가 남지 않도록!』

마침내 학원장의 장광설이 끝을 고했다―.

제3장 스피어 개방

다음 날— 학원에서 지정한 첫 특별 수업을 받기 위해 교사에서 나와 일각 여신상이 선 아름다운 정원을 가로질러 이동하던 중.

"시노 화이나이트라고?! 정말이야?!"

릭스와 나란히 걷던 랜디가 놀라서 소리쳤다.

"랜디, 알아?"

"그래. 너랑 같아."

릭스의 질문에 랜디가 고개를 끄덕였다.

"나랑 같아?"

"특대생이라고, 특대생. 개도 특별한 마법 재능이 있다는 말이야."

그러자 릭스 뒤에서 애니와 나란히 걷던 세레피나가 의문을 표했다.

"그렇다면 이상하군. 그 녀석이 예의 특대생이라면 해마도 고든이라는 머저리도 혼자서 충분히 대처할 수 있었을 터인데……?”

“무, 무서웠던 거 아닐까? 여자애니까…….”

애니가 앞쪽을 힐끔 봤다.

십수 미터 앞에서 걷는 백발 소녀— 시노의 작은 등이 보였다.

“음, 내가 보기에는 무서워서 움츠러든 느낌은 아니었어.”

“그럼 뭐야? 왜 저항하지 않은 거야?”

랜디의 의문에 릭스가 답했다.

“단순히 아직 마법을 못 쓰는 거 아니야? 나도 못 쓰거든!”

“하하하하하! 야야, 말이 되는 소리를 해!”

“그러게 말이다! 농담도 정도껏 해야지! 겸손도 지나치면 교만이야! 크크크!”

랜디와 세레피나는 릭스의 말을 그저 농담으로 받아들였다.

“그나저나 올해 《백학급》은 수준이 너무 높지 않아?! 너랑 세레피나, 다른 특대생인 시노까지! 젠장, 내가 이 학급을 따라갈 수 있을지 불안해졌어…….”

“아하하, 나도……. 릭스나 세레피나 씨의 발끝이라도 따라갈 수 있게 열심히 해야지…….”

“흐흥! 부지런히 노력하도록! 배우고 싶은 것이 있다면 사양하지 말고 말하거라. 학우로서 이 몸이 친히 알려주마! 영광으로 알아라!”

“그런데 왜 너희는 나를 그렇게 고평가해? 응?”

그런 이야기를 나누는 사이, 목적지인 환상열석(環狀列石), 마법 의식장이 보였다.

에스토리아 마법 학원은 3년제 전원 기숙형 학원이다.

학생, 다시 말해 학사생은 그 3년 안에 졸업 소요 학점을 채우고 자격시험을 통과해『에스토리아 공인 4급』― 즉, 1인분은 하는 마술사라는 증명서를 취득해야 비로소 마술사로서 세상에 첫발을 내디딜 수 있다.

학사생들이 3년 동안 배우는 과목은 기본적으로 아홉 가지다.

· 신체 강화 마법

· 흑마법

· 백마법

· 소환 마법

· 마법약학

· 마도구 제작

· 마법전 교련

· 마법사

· 고대어

졸업 후 마술사는 각자 전문 분야로 나아가 독자적인 마법을 연구하게 되지만, 이 아홉 과목은 어떤 마법에서든 기초 중의 기초이므로 3년 동안 철저하게 교육받는다.

하지만 이 아홉 과목을 배우기 전에 신입생들이 반드시 받는 첫 수업이 있다.

그것이 바로—『스피어 개방 의식』.

「평범한 인간」이 「마술사」가 되기 위한 가장 중요한 의식이다.

———.

"자자, 여러분~. 마음의 준비는 되셨나요~?"

마법 의식장인 스톤 서클에 집합한 《백학급》 학생들 앞.

이번 『스피어 개방 의식』을 진행할 묘령의 여성 도사—안나 피요넬 강사가 명랑하게 웃으며 손을 흔들고 있었다.

안나 강사가 입은 로브는 학생들의 로브와 달리 검은색이었다.

그녀가 자격을 가진 정식 마술사라는 증거였다.

"안나 선생님은 소환 마법 수업을 담당하는 분이야. 그래도 여러 마법에 능통한 올라운더라서 『스피어 개방 의식』도 맡으신대."

"흐음?"

릭스가 랜디의 설명을 한 귀로 흘려듣는데, 안나가 바로 해설을 시작했다.

"지금부터 신입생 여러분의 스피어를 열 거예요! 오늘 수업은 이게 전부니까 다들 집중해서 들어줘요! 이미 스피어를 연 사람은 좀 지루할지도 모르지만, 이따가 선배로서 스피어를 선보여야 하니까 마음의 준비를 해 두세요!"

"후후, 릭스. 마음의 준비를 하라는구나."

"난 할 필요 없어."

"오, 역시 그대답군. 긴장할 필요도 없다, 이건가."

"아니, 정말로 필요가 없을 뿐인데?"

왠지 대화가 어긋나서 릭스는 당혹스러웠다.

릭스와 세레피나가 수군거리는 동안에도 안나 강사의 해설은 계속됐다.

"학원 시험에 합격한 여러분은 이미 알고는 있겠지만…… 복습 차원에서 물어볼게요. 스피어란 대체 뭘까요? 자, 거기 있는…… 애니 양."

"앗! 네!"

지목된 애니가 허둥대며 일어나서 답했다.

"스피어란…… 보통 인간이 가진 오감, 예감이나 직감 수준의 제육감을 넘어선 초감각이자 그 감각이 미치는 영역을 말합니다. 흔히 제칠감, 제팔감이라고도 불립니다. 더 구체적으로는 생명을 구성하는 3요소인 『육체(머티리얼)』, 『정신체(애스트럴)』, 『영체(에테르)』 중 육체를 제외한 정신체와 영체…… 즉, 인간 자체의 본질인 『혼(이데아)』이 가진 초감각을 가리킵니다."

"네, 잘 설명했어요~."

안나 강사가 손뼉을 짝짝 치며 말을 이었다.

"애니 양 말이 맞아요. 육체를 넘어선 혼의 감각. 이게 바로 『스피어』랍니다~. 이 스피어는 육체라는 물질계의 속박에서 벗어났기 때문에 물리 법칙에 얽매이지 않아요. 바꿔 말하면 마술사는 자신의 스피어 영역 안에서 **전능**한 존재. 스피어 영역 안의 모든 사상(事象)을 장악하고 지배할 수 있어요. 그리고 이 스피어 영역 내 사상의 장악과 지배가 바로 마법이죠. 스피어 영역을 어떻게 확장하는가, 스피어 영역의 강도를 어떻게 높이는가. 이건 마술사가 평생에 걸쳐 탐구하는 영원한 과제예요."

'그렇군. 하나도 모르겠어.'

릭스는 이해하려는 노력을 포기했다.

"그리고 이 스피어는…… 인간이라면 누구든 당연하게 가지고 있어요. 혼이 없는 인간은 없으니까요. 하지만…… 아쉽게도 마술사가 될 수 있는 수준의 스피어를 가진 사람은, 극단적으로 적어요. 빈약한 스피어로는 아무래도 마법을 다루기 어려우니까요."

그 설명을 듣고 아직 스피어를 열지 못한 신입생들의 얼굴이 하얗게 질렸다.

"하지만 걱정하지 마세요. 신입생 여러분은 학원의 엄정한 적성 시험을 거치고 이 자리에 있어요. 그 말은 여기 있는 시점에서 마술사에게 필요한 최소한의 소질을 갖췄다는 뜻이에요. 그걸 살릴 수 있을지 어떨지는 여러분의 노력 여하에 달렸고요."

그 설명을 듣고 신입생들은 하나같이 안도했다.

"휴…… 시골로 돌아가지 않아도 되겠군……."

랜디도 안도의 한숨을 쉬었다.

"하지만 마법 사용에 반드시 필요한 이 스피어는…… 보통 인간은 지배는커녕 볼 수도, 느낄 수도 없어요. 왠지 아나요? 랜디 군."

"네?! 저요?! 그, 그건……?!"

갑자기 질문받은 랜디가 허둥대며 기억의 서랍을 뒤적였다.

"아, 아마…… 이 세계는 물질계고…… 인간은 육체라는 형태로 물질계에 존재하니까…… 육체의 오감이 방해해서 스피어라는 초월적 감각을 느낄 수 없다……였나요?"

"네, 정확해요. 참 잘했어요~."

안나 강사가 다시 손뼉을 짝짝 치고 해설을 이어갔다.

"맞아요. 보통 인간은 자신에게 스피어라는 감각이 있다고 깨닫지 못해요. 그래서 보통 인간은 마법을 쓸 수 없죠. 그러니까 우선 자신에게 스피어라는 초감각이 있다고 깨닫는 것이 마술사가 되는 첫걸음인 거예요. 이게 「스피어를 연다」라는 행위죠. 그럼 그 중요한 스피어는 어떻게 여느냐……."

바로 그때였다.

"흥. **그걸** 쓰는 거죠? 그 한심한 「약」을."

《백학급》 학생들 사이에서 비아냥거리는 목소리가 들렸다.

발언자…… 올백 금발 머리에 안경을 쓴, 신경질적인 인상의 소년에게 일동의 이목이 집중됐다.

"「우자의 영약」…… 그런 약에 의존해서 마술사가 되면, 부끄럽지도 않나?"

"학생은…… 알프레드 군. 로드스톤 가문의."

"명문가죠. 여기 있는 어중이떠중이와는 비교가 안 될 만큼. 스피어도 이미 열었어요. ……물론 자력으로."

알프레드는 그렇게 내뱉고 밉살맞게 안경을 밀어 올렸다.

학생들이 군데군데서 웅성거렸다.

"저 자식이……! 사람을 깔봐……?!"

열에 받쳤는지 랜디도 주먹을 꽉 쥐었다.

"……."

애니도 슬픈 듯이 눈을 내리깔았다.

"흥…… 옹졸한 사내로군. 나도 자력으로 스피어를 열었고 확고한 자부심이 있다. 그러니까 남이 「우자의 영약」을 쓰든 말든 아무 상관도 없어."

세레피나도 불편한 기색을 내비쳤다.

'어…… 화낼 부분이 그거야?!'

단 한 명, 릭스만 이 분위기에 따라가지 못했다.

그렇게 학생들이 크건 작건 알프레드에게 반발심을 드러

내는데…….

"물론 알프레드 군 말에도 일리가 있어요."

안나 강사가 달래는 투로 말했다.

"원래 스피어는 오랜 세월 혹독한 정신 수련을 거쳐야 겨우 개방되는 것이었죠……. 자력으로 스피어를 연 사람이라면 「우자의 영약」을 편법으로 느낄지도 몰라요. 하지만 자력으로 스피어를 열려면 정말로 사리 분별이 가능해지는 어린 나이부터 수행을 계속해야 해요. 사람은 나이를 먹을수록 눈에 보이는 현세와 육체의 한계에 묶여 고정관념을 깨기 어려워지니까요. 그리고…… 어린아이에게 그런 수행을 시킬 수 있는 건 부유한 귀족뿐이에요. 이게 오랫동안 마법이 귀족의 특권이었던 이유죠."

"……."

"하지만 어떤 마술사가 개발한 「우자의 영약」 덕분에 상황이 달라졌어요. 평민이라도 마술사가 될 기회가 늘었고…… 결과적으로 마술사의 수도 예전과는 비교가 되지 않을 만큼 늘었어요. 당연히 마법도 예전과는 비교가 되지 않을 만큼 진화, 발전했죠. 우리 마술사는 이 세계의 진리를 구하는 자. 그렇기에 「우자의 영약」에도 엄연한 의미가 있다고 저는 생각해요. 제발 눈감아 주실 수 없을까요?"

그러고 안나 강사는 온화하게 미소 지었다.

마땅히 반박할 말도 없는 알프레드는 고개를 획 돌릴 수밖에 없었다.

"흐, 흥! 그 「우자의 영약」 때문에 《기도파》 같은 우매한 것들도 늘어났지만 말이죠! 뭐, 마음대로 하세요! 내가 혼자 부정한다고 학원의 커리큘럼이 바뀌지도 않을 테고!"

"후후, 이해해 주셔서 고마워요. 그럼 바로 시작할까요."

잠깐의 소란은 이렇게 끝나고, 무사히 스피어 개방 의식이 시작되었다.

우선 안나 강사는 이곳에 있는 모든 학생에게 작은 병을 나눠줬다. 내용물은 묘한 색깔의 물약이었다.

병을 받은 학생들은 그것을 신기하게 바라봤다.

"다들 받았죠? 그게 스피어를 열게 해줄 「우자의 영약」이에요. 이미 스피어를 연 사람도 그 약을 써서 다시 한번 자신의 스피어와 마주해 보세요. 분명 새로운 발견과 성장이 있을 거예요."

릭스와 세레피나의 손에도 「우자의 영약」이 있었다.

「우자의 영약」에 부정적이던 알프레드도 마지못해 받아든 모양이었다.

"미리 말해 둘게요. 그건 마시기만 하면 각성하는 편리한 마법약이 아니에요. 오히려 그 마법약은 독이죠. 잘못 사용하면 죽어요."

"""""……?!"""""

안나 강사가 웃으면서 무서운 소리를 했다. 들떠 있던 학생들의 얼굴이 새파래졌다.

"그건 맨드레이크 기름에 물망초, 환각 버섯, 히드라 독 등 각종 마법 소재를 조합한 일종의 마취약이에요. 복용하면 육체의 오감이 점점 무뎌지죠. 그건 곧 육체 외의 감각…… 스피어를 지각하기 쉬워진다는 뜻이기도 해요. 그러니까 여러분, 붙잡으세요. 깨달으세요. 지금까지 여러분이 의식하지 못한, 자신에게 존재하는 새로운 감각을. 그게 여러분이 마술사로서 내디딜 첫걸음이니까."

안나 강사가 따뜻하게 주위를 돌아봤다.

"무척 강한 약이니까 우선 손가락에 한 방울 묻히고 핥기. 도저히 스피어의 감각을 느낄 수 없다면 한 번 더 핥기. 여러분은 모두 뛰어난 자질의 소유자니까 여기서 스피어를 느끼지 못하는 사람은 없겠지만…… 그래도 안 되면 말해 주세요!"

이리하여 신입생들이 「인간」에서 「마술사」가 되기 위한 첫걸음— 스피어 개방 의식이 시작됐다.

학생들은 안나 강사의 지시대로 약을 사용했다.

그리고 스톤 서클 안에서 크게 둘러앉아 남자는 가부좌를 틀고, 여자는 꿇어앉아 눈을 감았다.

지시대로 특수한 리듬의 호흡을 반복해 마음을 차차 가

라앉힌다.

약으로 인한 이상은 금방 학생들의 몸에 나타났다.

"서, 선생님…… 무서워요……! 제가 없어지는 느낌이에 요……!"

"떠, 떨어진다…… 내 몸이 어딘가로 떨어져……?!"

"힉…… 아, 으아……!"

육체의 오감이 마비되어 가는 감각 때문에 여기저기서 당혹감과 비명이 흘러나왔다.

"괜찮아요. 걱정 말고 진정하세요. 마음이 흐트러지지 않게 심호흡을 계속하세요."

안나 강사가 그런 학생들을 안심시켰다.

"곧 육체의 오감이 일시적으로 완전히 사라질 거예요. 나라는 존재가 이 세계에서 완전히 사라지는 느낌이 들겠죠. 하지만…… 그렇게 느끼는 여러분은 틀림없이 이 세계에 존재해요. 그런 여러분의 의식과 마음이 대체 어디에 기반을 두는지, 어디에 존재하는지 주의 깊게 찾아보세요. 그곳이 바로…… 스피어니까요."

바람이 흘러간다. 나뭇가지 흔들리는 소리가 멀어진다.

의식장이 정적에 휩싸였다.

학생들은 마음을 가라앉히고 조용히 명상을 이어갔다.

5분이 지나고. 10분이 지나고.

한 시간…… 두 시간…….

하지만 육체의 감각과 떨어진 탓에 시간 감각은 모호했다.

마치 무한한 시간 속에서 의식과 마음이 허공을 헤매는 느낌이 들던…… 그 무렵.

그것은 갑자기 찾아왔다.

"앗!"

명상하는 학생 중 누군가가 무엇을 깨달은 것처럼 소리를 냈다.

그것을 시작으로.

"보, 보였다……! 보였어……?!"

"설마, 이게…… 이 감각이……?"

"나, 나도 보였어! 느껴져!"

"나, 나라는 존재는, 여기 있었구나……?!"

"왜, 왜 지금까지 이걸 전혀 몰랐지?!"

학생들이 연이어 놀라며 소리치기 시작했다.

그런 학생들을 보며 안나는 만족스럽게 고개를 끄덕였다.

"감이 왔나 보네요. 자, 그럼 감을 잡은 사람부터 일어나서 눈을 뜨세요. 괜찮아요, 약효는 진작 빠졌을 테니까."

학생들이 지시대로 움직였다.

“““““우, 우와…….”””””

그리고 그들의 눈이 하나같이 동그래졌다.
그곳에 상상을 초월하는 광경이 펼쳐져 있었으니까.
“후후후. 어때요, 여러분? 이 스톤 서클 안에서는 스피어를 연 사람이라면 육안으로 자신이나 타인의 스피어를 볼 수 있어요. 시각적으로는 자신을 중심으로 한 빛의 구체처럼 보이겠죠. 그 구체 안에서 여러분은 모든 것을 느끼고 있을 거예요. 빛의 감촉을 피부로 기억하고, 소리를 눈으로 보고, 냄새의 맛을 느끼고. 구체 안의 모든 것이 제 몸의 일부처럼 느껴지는 감각. 그게 바로— 스피어. 축하해요. 여러분은 지금 마술사로서 첫걸음마를 뗀 거예요.”
경악해서 굳거나, 사람에 따라서는 감동한 나머지 눈물까지 흘리는 학생들을, 안나 강사는 박수로 축복했다.

“괴, 굉장해……. 이, 이게 스피어야……?!”
“됐다……! 나도 됐어……! 이제 나도…….”
랜디는 흥분해서 야단이고, 애니는 눈물을 머금고 기뻐했다.
그런 두 사람에게 세레피나가 말을 걸었다.
“오오, 둘 다 제법 멋진 스피어로군.”
“세레피나!”

“보아하니 둘 다 스피어 반경은 5, 6미터 정도인가? 처음 연 스피어가 그 크기라면 썩 괜찮군. 자부심을 가져라.”

“그, 그래……?”

“참고로 세레피나의 스피어는 규모가 얼마나 돼?”

“흐흥, 그거라면 말보다 직접 보는 게 빠르지! 두 눈 크게 뜨고 보아라! 이게 나의 위대한 스피어다!”

세레피나가 자신만만하게 외치며 요란하게 손을 들어 올리자.

“““““ㅇㅇㅇㅇㅇㅇㅇㅇㅇㅇㅇㅇㅇㅇㅇㅇㅇㅇㅇㅇㅇㅇㅇㅇ—?!”””””

랜디와 애니뿐 아니라 학생들이 모두 놀라서 소리쳤다.

“뭐, 뭐야, 이 스피어는?!”

“너, 너무 크잖아?! 반경 50미터 이상 아냐?!”

“게다가 이 영역, 강력해……!”

“대단해…… 차원이 달라…….”

학생들이 저마다 칭찬하는 말에 세레피나의 콧대가 하늘을 찔렀다.

“흐흥~. 「우자의 영약」 덕분인가? 지금까지 모호하고 감각적으로 해결하던 부분을 확실하게 마주해서 그런지, 강도가 더 높아진 듯하군.”

“후후, 역시 세레피나 양은 대단하네요. 시범을 보여줘서 고마워요.”

“제…… 젠장, 괴물 같으니……!”

그런 세레피나 앞에서 안나 강사는 기쁘게 웃고, 알프레드는 분하게 안경을 밀어 올렸다.

―그리고 그렇게 흥분의 도가니에 빠진 일동 사이에서 릭스는 식은땀을 흘리고 있었다.

‘어쩌지…… 다들 무슨 소리를 하는지 전혀 모르겠어…….’

솔직히 말하면 릭스는 아무것도 느끼지 못했다.

아무리 약을 써서 명상해도 스피어라는 의미 모를 감각은 코딱지만큼도 느껴지지 않았고, 모두 보인다고 난리인 뭔가도 전혀 보이지 않았다.

다들 축제 분위기인데 도무지 끼어들 수 없어서 소외감이 뼈에 사무쳤다.

‘으음…… 이거 딱 봐도 망한 거 아냐……?’

결국 설명을 들어도 잘 이해되지 않았지만, 요컨대 스피어라는 요상한 감각을 깨우치지 못하면 마술사가 될 수 없는 것 같았다.

그런데 릭스는 그 스피어라는 감각에 눈뜰 기미가 없었다.

‘안 좋아, 안 좋아, 안 좋아…… 이거 어떡하지……?’

“자! 여러분, 모두 스피어를 연 것 같네요! 스피어는 한

번 깨닫고 열어 버리면 앞으로는 이런 약에 의존하지 않아도 자연스럽게 스피어를 느끼고 열 수 있어요! 그럼 오늘 수업은 여기까지 할까요!”

릭스가 전전긍긍하는데 안나 강사가 수업을 끝내려고 했다.

이대로 가면 마술사에게 필요한 스피어를 얻지 못하고 끝난다.

더 이상 망설일 때가 아니었다.

“저, 선생님……?”

릭스는 결심하고 머뭇머뭇 손을 들었다.

“응? 왜 그러나요, 릭스 군.”

“그게…… 말하기가 참 껄끄럽지만…….”

“말해 보세요.”

“저…… 스피어라는 거, 아직 못 열었는데…… 어떡하죠?”

정적…….

순식간에 소란이 가라앉고 모든 시선이 릭스에게 쏠렸다.

민망하기 짝이 없었다.

“음…… 약이 부족했나? 그럼 한 번 더 핥아서…….”

“이미 전부 썼어요. 그래도 눈을 뜰 기미가 전혀 없네요~?”

“저, 전부?! 어떻게 안 죽고 살아 있죠?!”

릭스가 빈 병을 보여주자 안나는 식겁했다.

조용하던 주변이 더 조용해졌다.

"리, 릭스…… 시답잖은 농담 하지 마!"

"그, 그래! 솔직히 재미없다!"

입가를 어색하게 실룩거리며 랜디와 세레피나가 릭스에게 따지지만…….

"……."

릭스의 얼굴은 농담이라기엔 너무 진지했다.

"호, 혹시…… 진짜?"

"진짜. 훗, 어쩜 좋냐?"

두 손 들었다는 양 릭스가 어깨를 으쓱이자.

""""뭐어어어어어어어어어어어어어어어어어어—?!""""

학생들의 경악에 찬 소리가 울려 퍼졌다.

"잠깐?! 너, 정말이야?! 정말로 스피어가 안 열렸어?!"

"거짓말이겠지?! 이봐, 거짓말이지?! 아니, 그럼 뭐냐?! 그대가 해마를 썰고 덜떨어진 고든을 날려 버린 게 순수한 힘이었다고?! 그냥 신체 능력?! 신체 강화 마법이나 부주 마법이 아니라?!"

"너, 정말로 인간이냐?! 정체가 마물은 아니겠지?!"

"사람을 뭐로 보고?!"

고래고래 소리치는 세레피나, 랜디, 릭스.

"그, 그럴 수가…… 릭스……."

릭스를 걱정스레 바라보는 애니.

"자, 잠깐 괜찮을까요?"

안나 강사가 다가와서 릭스의 이마를 손가락으로 짚었다.

그리고 잠시 뭐라고 중얼거리더니…….

"저, 정말이네요……. 릭스 군의 스피어…… 전혀, 조금도, 1밀리미터도 열리지 않았어요……. 이건 비정상이에요. 아무리 소질이 없는 사람이라도 이 약을 쓰면 몇 센티미터는 열리게 마련인데……."

안나의 말에 학생들이 웅성대기 시작했다.

"지, 진정하세요, 여러분! 진정하세요!"

안나가 학생들을 달래고 릭스 그룹을 돌아보며 말했다.

"릭스 군의 문제는 우리가 대처할게요. 그리고 이런 사태가 일어났으니까 다시 한번 확인할게요. 여러분 중에 스피어가 열리지 않은 분은 더 없나요? 부디 솔직하게 말해주세요. 여러분의 미래에 직결되는 문제니까……."

안나가 질문하자 학생들이 옆 사람을 의심하듯 두리번거렸다.

그때.

"……."

말없이 손을 든 사람이 있었다.

백발 소녀— 시노였다.

“어? 하, 학생도요……? 이, 이럴 리가 없는데…….”

믿어지지 않는 것처럼 경악해 말을 잇지 못하는 안나 강사에게 시노가 말없이 고개를 끄덕였다.

학생들이 웅성거리는 소리는 더욱 커졌다.

릭스와 시노가 소문 자자한 특대생이라는 사실은 널리 알려졌다.

그런 만큼 두 사람의 스피어가 열리지 않는 사태에 학생들은 크게 동요할 수밖에 없었다.

“시, 시노 양의 스피어도 릭스 군처럼 전혀 열리지 않았네요…….”

릭스와 같은 방식으로 확인한 안나 강사는 당혹스러운 표정을 지었다.

“저, 정말이야……? 대체 어떻게 된 거야……?”

“음…… 몇 년 만에 등장한 특대생 두 명의 스피어가 열리지 않는다. 단순한 우연 같지는 않군.”

랜디와 세레피나가 고민스러운 얼굴로 중얼거렸다.

“어, 어떡하죠……. 스피어가 열리지 않다니…… 심지어 그게 특대생이라니……. 이런 사태는 학원 역사상 처음이에요……. 아, 아무튼 이번 건은 아무도 발설하지 말아 주세요. 저는 학원 상부와 향후 두 사람에 관한 대책을 검토

할 테니까…… 일단 오늘 수업은 이것으로 종료할게요. 다들 수고하셨어요.”

이리하여 《백학급》의 첫 수업은 파란을 일으킨 채 종료됐다.

“흥. 특대생이란 것도 별거 아니네.”

알프레드가 노골적으로 들리게 말하고 기숙사로 돌아갔다.

다른 학생들도 릭스와 알프레드를 번갈아 보며 어색하게 자리를 떴다.

“핫핫하! 돌겠네, 이거…….”

릭스가 난감하게 한숨 쉬며 머리를 긁적였다.

“리, 릭스, 너무 낙담하지 마……. 안나 선생님은 굉장히 능력 있는 마술사셔. 분명 어떻게든 해주실 거야…….”

애니가 필사적으로 릭스를 격려했다.

반면 랜디와 세레피나는 뭐라고 말을 걸어야 할지 모르는 분위기였다.

친구들의 반응에 머쓱해진 릭스는 공연히 시노를 돌아봤다.

“…….”

정작 시노는 평소와 다를 바 없었다.

이런 사태가 벌어져도 그녀는 여전히 아무것에도 관심이 없는 듯했다.

앞으로 자신이 어떻게 될지 관심 없고, 어떻게 되든 상관없다. 그런 느낌이었다.

“이거 참……..”

마술사가 되어 피비린내 나는 세계와 인연 없는 인생을 산다…….

그 대목표가 시작부터 난관에 봉착하자 릭스는 머리가 지끈거렸다.

제4장 퇴학 위기

"당장 퇴학 처분을 내려야 해."

다르윈 스트리크의 단호한 목소리가 학원장실에 울려 퍼졌다.

다르윈은 학원에 재적한 도사 중 한 명으로, 주로 『마법전 교련』을 담당하는 강사였다.

긴 흑발, 전신에 어둠을 두른 것처럼 음울한 분위기면서 그 칼날 같은 눈동자만이 한없이 차갑고 날카롭게 빛나는…… 그런 남자였다.

"이 숭고한 학원에 무능한 자는 필요 없습니다. 즉시 릭스 프레스탯, 시노 화이나이트를 퇴학시켜야 합니다, 학원장님."

다르윈은 냉혹하게 잘라 말하며 학원장실로 불려 온 릭스와 시노를 차가운 눈동자로 쳐다봤다.

"……흠."

집무용 책상에 앉은 제이크 학원장은 팔짱을 낀 채 무슨 생각에 빠져 있었다.

'히이이익?! 위험해, 위험해, 위험해!'

"……."

한편, 릭스는 호랑이 앞에 놓인 사슴처럼 전전긍긍하며 굳었고, 시노는 이 상황에서도 평소대로 아무런 관심을 보이지 않았다.

스피어가 개방되지 않는다.

그 사실이 판명된 후, 릭스와 시노는 많은 도사의 감수 아래 스피어를 열기 위해 영약 조합을 바꿔 가며 몇 번이나 개방 의식을 시도했다.

그밖에도 정체를 알 수 없는 온갖 마법적 수단도 동원됐다.

하지만 결과부터 말하면 전부 허탕이었다.

릭스와 시노의 스피어는 끝끝내 열리지 않았다.

"이만큼 해도 스피어가 열리지 않는다면 이미 확정이죠. 이 두 사람은 마술사로서 소질이 없습니다. 에스토리아 마법 학원의 재적 자격은 어디까지나 마술사가 되기 위한 최소한의 소질— 즉, 스피어 개방. 그렇다면 퇴학 처분이 당연한 순리라고 생각합니다만?"

"그래, 맞다! 안타깝지만, 보통은 그렇지!"

제이크 학원장마저 맞장구치자 릭스는 울고 싶어졌다.

하지만—.

"하지만 이들은 특대생이다! 범상치 않은 특별한 마법 재능을 가진 게 틀림없어! 그것을 찾아내기 전에 쫓아내는 것도 좀 아니지 않나?!"

"그 마도구, 오류 난 거 아닙니까? 워낙 오래됐잖습니까."

그런 제이크 학원장과 다르윈 강사의 대화를 릭스가 멍하게 지켜보는데, 이 자리에 동석한 안나 강사가 릭스에게 귀띔했다.

"특대생 선별은 있지…… 매년『일각 여신의 지명부』라는 특수한 마도구로 이루어져."

"『일각 여신의 지명부』요?"

"응. 그 마도구는…… 운명에 개입해. 그대로 두면 절대로 빛을 보지 못하고 묻힐 운명인 희귀한 마법적 재능……『일각 여신의 지명부』는 그걸 찾아내. 그 재능이 대체 뭔지는 모르지만, 재학 기간인 3년 동안 천천히 찾아낸다…… 그럴 예정이었어."

그런 사정이 있는 줄은 몰랐다.

릭스는 왜 마법의「마」자도 모르는 용병인 자신에게 난데없이『에스토리아 마법 학원 특별 입학 초대장』이 왔는지 지금 처음 알았다.

'그런데…… 마법을 쓰려면 필요한 스피어가 나랑 시노만 열리지 않잖아……. 고장 난 거 아니야? 그 낡은 책 같은 거.'

릭스가 멍하니 그런 생각을 하는데…….

"하지만『일각 여신의 지명부』에는 지금까지 많은 실적이 있다! 그 책에 간택된 인물은 모두 역사에 이름을 남기는 위대한 마술사가 됐지! 그 점을 고려하면 책이 릭스 군과 시노 군을 선택한 사실을 쉽게 무시할 순 없어!"

"그럼 어떻게 하시겠다는 말씀입니까? 우리가 생각할 수 있는 수단은 이미 전부 써 봤습니다. 제가 「우자」 출신 마술사를 혐오하기는 하나, 분명 최선을 다했습니다. 앞으로 이 둘의 스피어가 열릴 가능성은 절망적으로 낮아요. 그리고 스피어가 열리지 않으면 앞으로 대부분의 수업에 따라오지 못합니다. 저는 빨리 퇴학시키는 게 이 둘을 위한 길이라고 생각합니다만."

다르윈은 칼같이 매몰찬 태도를 견지했다.

그 자리에 동석하던 다른 도사들도 대부분 다르윈과 같은 의견인지 릭스와 시노를 불쌍하게 쳐다보고 있었다.

'이거, 더는 가망이 없어 보이는데……. 에휴…… 짧은 꿈이었구나…….'

릭스가 내심 우울해하는데 갑자기 제이크 학원장이 물었다.

"흠, 그렇다면 묻겠다! 너희는 어떻게 하고 싶나?!"

"네?!"

"앞으로 너희가 어떻게 하고 싶은가! 너희의 의지를 묻는 거다! 우선 희망적 관측은 그만두자! 너희는 안 된다! 이만큼 시도해도 스피어가 열리지 않는다면 마술사가 될 수 없을 거다! 하지만 불가능할지도 모른다, 헛수고일지도 모른다…… 그런 불안을 끌어안고도 언젠가 성공하리라 믿고 마술사의 길을 걸을 텐가?! 아니면 여기서 깨끗하게 단념하고 다른 길을 찾을 텐가?! 너희는 어떻게 하고 싶지?! 너희의 솔직한 의견을 듣고 싶다!"

"……!"

그 질문을 듣고 릭스는 자신의 마음과 다시 한번 마주했다.

찾을 필요도 없다. 답은 금방 보였다.

"저는…… 역시 마술사가 되고 싶어요. 그러려고 모든 걸 내던지고 왔어요. 쉽게 포기할 순 없어요."

"그래! 그렇다면 네 퇴학 처분은 **일시 보류**로 하겠다! 근면히 정진하도록!"

릭스의 답을 듣기 무섭게 제이크 학원장이 선언했고, 다르윈은 못마땅하게 콧방귀만 뀌었다.

"네?! 그렇게 쉽게?! 이유나 목적은 안 들어요?!"

"하하하! 필요 없다! 그런 건 의미가 없어! 가치관은 십인십색! 남에겐 아무리 하찮은 이유라도 본인에게 참되다면 그건 참이다! 그러니까 중요한 것은 본인의 의지! 너는 의지를 보였다! 그것 말고는 필요 없어!"

다음으로 제이크 학원장은 시노를 봤다.

"그럼 시노 군! 너는 어떻지?! 너의 의지는 무엇을 바라나?!"

"……."

잠시 시노는 말없이 그 자리에 서 있었다.

하지만 곧 웅얼거리듯 입술을 뗐다.

"나는……."

그때였다.

"시노도, 저와 같은 마음입니다!"

왠지 릭스는 반사적으로 시노의 말에 겹치도록 외쳤다.

"……!"

눈이 살짝 커진 시노를 무시하고 릭스가 말을 이었다.

"시노는 늘 말했습니다! 마법을 좋아한다고. 쭉 꿈꿔 왔다고! 그러니까 시노도 퇴학은 바라지 않을 겁니다! 아직 포기하지 않았겠죠!"

대체 왜 그런 소리를 했는지 릭스 본인도 잘 알지 못했다.

하지만 이렇게 말하지 않으면 아마 시노는…….

"……저도 부탁드릴게요, 학원장님."

안나 선생님도 머리를 숙이고 있었다.

"시노 양은 『일각 여신의 지명부』가 찾은 학생이에요. 틀림없이 멋진 마법 재능을 지녔을 거예요! 시노 양의 스피어는 제가 책임지고 개방할게요! 그러니까 제발 부탁드립니다!"

"흠…… 두 사람은 그렇게 말하는데 어떤가? 시노 군."

제이크 학원장이 다시 시노를 봤다.

시노는 잠시 허공에 시선을 두고 침묵을 이어가다가, 곧 체념한 것처럼 작게 한숨 쉬며 말했다.

"저도…… 마술사가 되고 싶어요."

————.

이야기가 끝나고 릭스와 시노는 학원장실에서 나왔다.

교사를 나오자 하늘이 저녁노을로 불타고 있었다.

성 같은 교사가, 높이 솟은 첨탑이, 광대한 정원이 주황빛과 금빛으로 물들었다.

릭스와 시노는 이유도 없이 나란히 서서 《백학급》 기숙사로 걸어갔다.

"괜한 짓을."

그러던 중 시노가 갑자기 입을 열더니 한다는 소리가 그거였다.

늘 무감정하던 말투와 달리 웬일로 말 전체에 분노와 원망이 묻어 있었다.

"아, 역시 넌 퇴학하려고 했어? 그럴 거 같더라."

"알면서 왜 그랬어? 오지랖이 넓은 것도 정도가 있지."

"사실 나도 내가 왜 순간적으로 그랬는지 모르겠지만……."

릭스가 머리를 긁적이며 해명했다.

"왠지…… 사실은 나가고 싶지 않은 것처럼 보였어, 네가."

“……!”

그 순간, 시노의 표정이 확실하게 흔들렸다.

그리고 짜증스럽게 목소리를 죽이고 물었다.

“대체…… 무슨 근거로?”

“감이야. 의외로 잘 맞아. 그 덕분에 오늘까지 살아남았지.”

그러자 시노가 드물게 감정을 살짝 드러내며 쓰레기를 보는 눈으로 내씹었다.

“소름 끼쳐! 너, 정말로 소름 끼친다고! 대체 뭐야?!”

“으흑! 우헥?! 커헉! 아, 아파…… 여전히 너무 아파……. 지금까지 전쟁터에서 생긴 어떤 상처보다도……! 하지만 크헤헤…… 살짝 기분이 좋아지기 시작했어. 아쉽게 됐군…… 쿨럭!”

“진짜 역겨워…….”

시노조차 혐오스럽다는 표정을 감추지 못했다.

“그리고 뒤늦게 알았지만, 근거는 있어. 너는 싫은 척해도 멀리서 이 학원까지 왔고 결국 남기로 결정했어. 진심으로 그만두고 싶었다면 그건 이상하잖아?”

“흥, 아는 척은. 철회가 귀찮았을 뿐이야. 달리 할 일도 없으니까 그냥 학원에 남은 소극적 선택. ……이상한 의미 부여하지 마.”

“그, 그래……?”

“하아, 너 같은 변태한테 걸린 내 잘못이지. 한숨을 넘어서 토가 나오겠어."

"여전히 예리하군요. 포상, 감사합니다."

그런 릭스에게 시노가 진심으로 진저리 치며 고개를 돌려 버렸다.

그리고 나지막이 중얼거렸다.

"흥……. 너는…… 꼭 **그 남자** 같아."

"응?"

릭스가 시노의 옆얼굴을 보지만, 시노는 릭스에게 눈길조차 주지 않았다.

지금은 물어봤자 방금 한 말의 진의를 알려주지 않으리라.

그러니까 그 이야기는 일단 넘어가고.

"아무튼! 내일부터 학원 생활, 서로 잘해 보자! 시노!"

"시끄러워……. 친한 척하지 마. 소름 끼치니까."

그런 두 사람 앞에 귀족 저택 같은 《백학급》 기숙사가 나타났다.

그리고―.

"이봐―! 릭스! 시노!"

"둘 다 어떻게 됐어?! 그…… 학원에 남을 수 있어?!"

두 사람을 걱정해서 기다렸는지 랜디, 애니, 세레피나가 달려오고 있었다.

제5장 학원의 일상

—이리하여.

험난한 미래가 예상되지만, 릭스의 학원 생활이 시작됐다.

오늘 1교시는 『신체 강화 마법』 수업.

릭스가 소속한 《백학급》은 교사 뒤쪽에 있는 마법 수련장—넓은 타원형의 흙바닥 운동장에 결계 장벽을 둘러친 장소에 집합했다.

에스토리아 마법 학원의 수업은 학급별로 각 과목을 담당하는 도사— 강사의 감독 아래에서 이루어진다.

담당 강사들은 모두 『에스토리아 공인 2급』 이상의 자격을 가진 일류 마술사뿐이라고 하지만—.

"아…… 졸려……. 힘이 하나도 안 나……. 귀찮네…… 숨 쉬기도 귀찮아……. 멸망하지 않으려나, 이 세상……."

《백학급》 학생들 앞에 나타난 사람은 척 보기에도 칠칠치 못한 남자였다.

나이는 20대 후반. 빼빼 말라 뼈밖에 없는 멀대, 푸석푸석한 회색 머리, 썩은 생선 같은 눈, 주름투성이에 후줄근

한 검은 로브.

눈 밑에는 진한 다크서클. 지저분한 수염. 입에 꼬나문 담배.

주접과 피곤함과 무기력감을 버무려 만든 듯한 남자였다.

"음…… 크로포드 록웰. 귀찮지만 일단『에스토리아 공인 2급』도사야. 반갑다. 그럼 귀찮지만 수업 시작할게…… 일이니까……."

궐련을 빨고 연기를 푸 뿜으며 크로포드 강사가 선언했다.

마침 학원에 수업 시작을 알리는 종소리가 울려 퍼졌다.

이 인간, 괜찮은 건가……? 라는 학생들의 불안과 함께 수업이 시작됐다.

"음, 뭐였지? 아, 내가 담당하는『신체 강화 마법』말인데…… 그냥 그거야. 왕기초, 마술사의 왕기초. 모든 마법의 왕기초. 이거 못 하면 접는 게 나은 그런 기술. 아아, 귀찮아."

크로포드는 틈만 나면 담배를 피웠다.

"너희 모두 스피어를 열었던가? 아…… 스피어를 못 연 사람도 있다고 했나?"

그러면서 릭스와 시노를 힐끗 곁눈질했다.

"에이, 됐어. 귀찮으니까. 한 번에 해설할게. 우선 자기 스피어 영역 안에서는 자신이 전능하다는 사실은 알지? 영역 안의 모든 것을 지각하고, 영역 안의 현상을 자유자재로 지배할 수 있어. 애초에 그걸 마법이라고 부르지. 그럼 여기서 너희한테 문제를 낼게. 아는 애는 손 들어. 자기 스피어 영역 안에서 가장 자유자재로 지배하고 조작할 수 있는 건 뭘까? 맞아, **자기 자신**이야. 정답~, 참 잘했어요.”

질문해 놓고 지명하기 귀찮았는지, 크로포드는 스스로 답해 버렸다.

자신만만하게 손을 들었던 세레피나와 알프레드, 애니 등 몇 명의 학생이 얼굴을 빨갛게 물들이며 쭈뼛쭈뼛 손을 내렸다.

“인간에게는 생체 자기(마그네타이트)라는, 아주아주 귀찮은 영적인 힘이 있어. 기쁨, 분노, 슬픔, 공포…… 그런 다양하고 귀찮은 감정이나 평소의 귀찮은 생명 활동으로 생기는, 엄청나게 귀찮은 근원적 생명 에너지야. 마술사는 이걸 『마력』이라고 불러. 귀찮은 이야기지만.”

그냥 귀찮다고 말하고 싶을 뿐이지, 라고 학생들은 생각하기 시작했다.

“스피어가 열리지 않은 일반인은 이 마력이라는 영적 에너지의 감각을 몰라. 하지만 너희는 스피어를 연 마술사야. 마술사는 자기 스피어 영역 안에서 전능하다. ……즉, 당연히 그 마력이라는 귀찮은 에너지를 느낄 수 있고, 훈련이 필요해서 귀찮지만 그 흐름을 자기 수족처럼 움직일 수도 있어. 마법은 이 귀찮은 마력을 에너지원으로 스피어 내에서 일으키는 굉장히 귀찮은 초자연적 현상이야. 그러면 그 스피어 중심에 있는 자기 자신에게 마력을 불어넣어 신체 능력을 강화하거나, 동체 시력이나 반사신경을 향상시키거나, 자기 회복력을 높일 수도 있겠지? 그게 『신체 강화 마법』. 모든 마법의 기초야. 귀찮지만 이 수업에서는 그 왕기초인 『신체 강화 마법』을 계속 단련할 거야~. 그리고 귀찮지만 마력 증강, 스피어 확장과 강화 같은 영적 능력 단련도 계속 진행할 거고~. 운동으로 비유하면 기초 체력 만들기지. 뭐, 정말로 귀찮지만 어디 가서 마술사라고 하고 싶으면 죽기 살기로 따라와."

그렇게 말한 크로포드는 졸린 눈으로 일동을 돌아봤다.

"솔직히 이 수업에서 너희가 할 건 단순해. 마력을 흘려보내면서 몸을 움직이거나 명상해서 스피어를 조작하거나……. 개개인의 수준에 맞춰서 내가 나중에 메뉴를 짤게. 귀찮지만. 일단 오늘은 『신체 강화 마법』이 어떤 것인지 이해해 볼까……. 마침 좋은 비교 대상도 있으니까."

그리고 크로포드는 학생 몇 명을 지명했다.

"이미 스피어를 열었고 사용에 숙련된 알프레드 군. 그리고 아직 스피어를 열지 못한 릭스 군. 귀찮지만 잠깐 앞으로 나와줘."

무슨 일인가 싶어 고개를 갸웃거리면서도 두 사람은 앞으로 나갔다.

웅성거리는 학생들 앞에서 크로포드가 말했다.

"우선 말해 둘게. 스피어를 열지 못한 일반인은 스피어를 연 마술사에게 신체 능력으로 절대로 이길 수 없어. 왜냐하면 익숙한 마술사라면 숨 쉬듯이 『신체 강화 마법』을 쓰기 때문이야. 같은 생물인데도 이 『신체 강화 마법』 하나로 얼마나 차이가 생기는가…… 그걸 지금부터 너희가 몸으로 느껴 봐. 거기 둘, 귀찮겠지만 저 폴대까지 달리기야. 봐줄 필요 없어. 서로 낼 수 있는 힘을 전부 짜내."

바로 그때였다.

"자, 잠깐 기다려주세요! 크로포드 선생님!"

"옳소옳소! 그, 그건 너무하잖아요?!"

애니와 랜디가 소리쳤다.

"나도 진언하지, 선생. 이런 식의 망신 주기는 본인의 명예를 위해 승낙하기 어렵다!"

세레피나도 비난하고 나섰다.

"망신 주기라……. 너희는 그렇게 느낄 만도 한가, 귀찮지만."

그러자 크로포드는 난처한 듯 머리를 긁적였다.

"그래도…… 귀찮지만 백문이 불여일견이야. 너희도 일반인과 마술사 사이에 존재하는 명확한 「차이」를 실감해야 앞으로 있을 귀찮은 수업에도 조금쯤 열의가 생길 거 아냐? 릭스 군, 안 좋은 역할을 맡겨서 미안하지만…… 해줄 수 없을까?"

“아, 저는 전혀 상관없어요. 전력 질주로 저 폴대까지 가면 되죠? 으음, 한 200미터는 되나……?”

정작 릭스는 태평하게 앉았다 일어서며 준비 운동을 하고 있었다.

“리, 릭스?! 잠깐 기다려 보라니까!”

“선생, 제발 이 경기를 중지시킬 순 없나?!”

그렇게 랜디와 세레피나가 어떻게든 경기를 막아 보려는데…….

“하하하하하! 눈물겨운 우정이잖아?!”

알프레드가 조롱하듯 웃었다.

“만난 지 며칠이나 됐다고 이렇게 우애가 두터워지셨지?! 그렇게 릭스가 남들 앞에서 창피당하는 게 싫어?”

“그게 아니야! 그런 게 아니라 말이지?!”

“그래! 알프레드! 그대도 이런 바보 같은 경기는 그만둬라!”

“흥! 싫어!”

그러고는 알프레드가 릭스에게 증오가 담긴 시선을 보냈다.

“미리 말해 두는데 릭스…… 나는 처음부터 네가 마음에 안 들었어.”

“응? 나?”

“그래, 너! 마법이란 본디 우리 숭고한 귀족만의 특권이야! 그걸 미천한 약으로 평민들이 휘두르는 것도 마음에 안 드는데, 너처럼 어디서 굴러먹던 개뼈다귀인지도 모를 평

민이 특대생? 하! 심지어 스피어조차 열지 못하는 열등아
라니!"

알프레드가 비릿하게 웃으며 일동 앞에서 당당히 선언했다.

"밟아주마, 릭스. 너와 나의 격차를 모두에게 보여주겠
어. 각오해."

"그, 그만해, 알프레드ㅇㅇㅇㅇㅇㅇㅇㅇㅇㅇㅇㅇㅇㅇㅇ─! 그 이
상은, 말하지 마아아아아아아아아아아아아아아아아─!"

랜디가 머리를 끌어안으며 외쳤다.

"그래, 멈춰라! 그렇게까지 하면…… 너무 불쌍해! 봐줄
수가 없다!"

세레피나도 흘러넘칠 것 같은 눈물을 참고 있었다.

"하하하하하! 릭스, 너는 마술사 재능은 없는 주제에 사
람을 홀리는 재주는 있나 보군?! 사기꾼이라도 되는 편이
낫지 않겠어?!"

"오호라, 혓바닥 마술사라는 뜻인가…… 센스 있는데!"

""아니야!"""

랜디, 애니, 세레피나가 동시에 소리치는 한편…….

"……귀찮으니까 빨리 시작하면 안 될까?"

크로포드는 울적하게 담배 연기만 뿜어내고 있었다.

"그럼 시작한다? 귀찮지만 제자리에 서시고, 준비, 땅……."

크로포드의 맥아리 없는 구령과 함께, 나란히 선 릭스와

알프레드가 동시에 달려갔다.

최상의 스타트로 선두에 나선 것은— 알프레드였다.

"훗……!"

그 순간, 알프레드는 자신의 스피어를 통해 몸 전체로 마력을 불어넣었고, 특히 각력을 중점적으로 강화했다.

아마 알프레드는 이미 가문에서 많은 수련을 쌓았을 것이다.

마력 흐름에 전혀 막힘이 없는 교과서적인 『신체 능력 강화』였다.

알프레드의 몸은 폭발적으로 가속해 말 그대로 쏜살처럼 골을 향해 질주한다—.

'몸이 깃털처럼 가벼워……. 근래 최고의 마력 컨디션이야!'

알프레드의 시야가 격류처럼 후방으로 흘러갔다.

하지만 반사신경, 동체 시력도 빈틈없이 강화해 그 속도에도 신체 제어는 흐트러지지 않는다.

그리고 그런 알프레드의 귀에 학생들이 경악하는 목소리가 들렸다.

"마, 말도 안 돼!"

"뭐야, 저거?!"

"일반인과 마술사— 이 정도까지 차이가 벌어져?!"

학생들의 반응에 알프레드가 히죽 웃었다.

그리고 방심하지 않고 더욱 무자비하게 가속해 알프레드

는 질풍처럼 골에 도착했다—.

—이미 와 있던 릭스보다 제법 늦게.

"으에에에에에에에에에에에에에엑?!"

콰당탕—!

폴대 옆에서 호흡을 가다듬던 릭스 앞으로 알프레드가 굴러갔다.

"좋은 경기였어, 알프레드. 또 같이 뛰자."

릭스는 명랑하고 상쾌하게 알프레드에게 손을 내밀었다.

"응?! 에에에에에엥?! 어어어어어엉?! 지금, 무슨 일이 벌어졌지?! 왜 네가 먼저 골인해?! 에에에에에에에엥?!"

알프레드는 혼란에 빠져 땅에 엎어진 채로 릭스를 올려다봤다.

"엄청 차이 났지……?"

"어떻게 된 거야……?"

"어라? 스피어를 못 연 게 알프레드였나……?"

학생들은 그저 이 상황이 당혹스러웠다.

"내가 그렇게 말렸는데…….."

"용기 있는 영령을 추모하자꾸나."

"아, 아하하……."

랜디, 세레피나, 애니는 딱하다며 탄식했다.

그리고 그런 릭스와 알프레드의 경기를 보는 둥 마는 둥 하던 크로포드는…….

"흠……. 으응……."

잠시 담배를 뻐끔거리며 무슨 생각에 빠졌다.

그러다가.

"보다시피 일반인과 마술사 사이에는 메울 수 없는 「차이」가 있어. 그러니까 바로 『신체 강화 마법』 실습에 들어갈게. 다들 준비됐어?"

아무 일도 없었던 것처럼 철면피를 깔아 버렸다.

""아, 이 인간, 귀찮아졌구나…….""

그 순간, 학생들의 속마음이 혼연일체가 되었다.

————.

"아, 피곤해……."

1교시 『신체 강화 마법』 수업이 끝난 뒤.

2교시 수업이 진행될 교실에 랜디의 목소리가 울려 퍼졌다.

"처음으로 『신체 강화 마법』을 써 봤는데…… 뭔가, 몸보다 마음이 힘들다고 해야 하나…… 정신이 피곤해지는 느낌……?"

"응…… 「스피어가 지쳤다」라는 표현이 딱 와닿아……."

랜디의 두루뭉술한 감상에 애니가 씁쓸히 웃으며 동의했다.

"그게 마력을 소모하는 감각이다. 처음에는 당혹스러울 테지."

세레피나가 알려주자 릭스가 자기 손바닥을 보며 상쾌하게 말했다.

"아하…… 이게, 이 감각이 그건가? 이 시원하게 땀을 흘린 감각이……."

"네 느낌은 우리랑 전혀 다르겠지."

랜디는 단호했다.

"그나저나 한 시간 반이나 연습했는데 나는 조금 더 빨라졌을 뿐이야."

"나, 나는 그마저도 안 늘었어……. 앞으로 괜찮을까?"

"걱정하지 말거라. 누구든 처음에는 그러니까."

"그래. 착실히 훈련하다 보면 금방 날 따라잡을 거야."

"못 잡아."

"못 잡을 거야."

"못 잡지."

"그보다 너 정말로 인간 맞아? 볼수록 의심스럽네."

그런 이야기를 나누는 사이, 수업 시작종이 울리고 2교시 수업을 맡은 강사가 들어왔다.

"그럼『흑마법』수업을 시작할게요."

교실로 들어온 사람은 나이를 짐작하기 힘든 미녀였다.

올려 묶은 보라색 머리, 핏빛 눈동자. 혈색 없이 밀랍처럼 흰 피부.

신기하게도 요염한 숙녀로도, 풋풋한 소녀로도, 꽃봉오리 같은 어린아이로도 보였다.

역시나 도사를 넘어선 증거인 검은 로브를 입었다.

"저는 아르카 클라우디아.『에스토리아 공인 1급』대도사예요."

단상에 선 아르카가 차분한 어조로 자기소개를 시작했다.

"달리 말하면, 저는 세계 최고 수준의 마술사 중 한 명이에요. 당신들, 마술사의 새싹들을 가르칠 자격은 충분하고도 남으니까 안심하세요."

아르카의 이름을 아는 사람도 많은 듯했다.

「저 사람에게 배울 수 있다고?」,「나는 행운아야」라고 수군대는 소리가 여기저기서 들렸다.

"그런데…… 저 선생님, 대체 몇 살이지?"

"글쎄? 소문으로는 진짜 흡혈귀라서 수백 년 넘게 살았다고 하던데?"

릭스가 중얼거리자 옆자리의 랜디가 조용히 귀띔했다.

"어흠."

아마 들었을 리는 없겠지만, 아르카는 헛기침을 한 뒤 이야기를 시작했다.

"여러분은 스피어를 열고 신체 강화 마법을 배워 마법의 정수에라도 다가선 것처럼 자만하겠지만, 가당치도 않아요. 이미 다음 위계로 넘어간 일부 인원을 제외하면 여러분은 전능한 스피어 영역 안에서 불도 제대로 붙일 수 없겠죠. 왜일까요? 그건 여러분이 「불붙이는 법」을 모르기 때문이에요."

웅성대는 학생들을 신경 쓰지 않고 아르카가 이어 말했다.

"물론 여러분은 자신의 스피어 영역 안에서 「전능」해요. 하지만 「전지」하지 않죠. 왜 불이 붙는지, 왜 번개가 치는지, 시간과 공간은 어떤 원리로 성립하는지…… 여러분은 아무것도 몰라요. 말 그대로 무지한 「우자」 그 자체죠. 자기가 모르는 지식, 이해할 수 없는 법칙이나 섭리는 당연히 지배할 수 없어요. 자기 자신— 내계를 완벽하게 알고 사용하는 『신체 강화 마법』과 달리 외계의 사상을 본인의 「전능」으로 조작하려면 「전지」해야만 해요. 그 「전지」에 도달하기 위한 길…… 이 세계의 진리인 「전지전능」의 파편. 마법을 자유자재로 구사하기 위한 지표가 되어줄 진리의 단편. 지식. 법칙과 섭리. 그게 바로 여러분이 3년간 배울 『마법식』이에요. 전능한 스피어 안에서 이 지식의 정수인 마법식에 맞춰 마력을 움직여야 비로소 마법의 권능이 되죠."

아르카의 해설이 끝나고 교실 여기저기서 감탄이 흘러나
왔다.

"오늘 수업은 전반과 후반으로 나눌게요. 전반은 신입생
이라면 누구나 처음 배우는, 불을 붙이는 가장 간단한 마법
【불 돌팔매】. 그 마법식을 여러분께 전수할게요. 그리고 후
반에는 마법 수련장으로 나가서 【불 돌팔매】를 실제로 사용
해 볼 거예요. 알아들었죠?"

이렇게 아르카 강사의 수업이 시작됐다.

"흑마법이란 열과 에너지, 물체의 운동, 소리, 전기와 자
기, 원소와 그 성질, 빛과 파동, 중력, 시간과 공간 등등……
이 세계의 물리적, 화학적 원리를 궁구하는 마법이에요. 이
세계의 근원적 법칙을 탐구해 전지전능— 진리를 추구하죠.
그렇기에 흑마법의 마법식은 치밀하고 섬세하며 합리적인
과학에 근간을 둬요. 여러분, 아시겠나요? 꼭 「이해」하려고
노력하세요. 단순한 암기는 마법 사용에 아무런 의미도 없
으니까."

그렇게 서론을 깐 아르카는 칠판에 오망성 형태의 기하
학 도형을 그렸고, 그 곳곳에 수식과 명령문을 더했다.

이 세계의 약도와 일으킬 사상에 작용하는 힘의 흐름, 그
사상의 근원적 법칙, 사상을 조작하기 위한 마력 함수와 출
력 연산 등을 정리한 그 도식이 마법식이라고 한다.

처음에 학생들은 그 마법식의 의미를 전혀 이해할 수 없었지만, 아르카 강사는 마법식의 의미를 하나하나 꼼꼼하게 해설해 줬다.

불이 붙는다는 것은 애초에 어떤 현상인가?

그때 에너지는 어떻게 움직이는가? 이 세계를 구성하는 원소의 움직임은? 영적 에너지인 마력을 물리적 에너지인 열로 변환하는 방법은? 효율은?

난해한 이론인데도 아르카는 괜히 현학적으로 표현하지 않고 누구나 아는 말로 평이하고 간결하게 가르쳤다.

그것은 마법 초보가 어느 부분에서 어려워하는지까지 낱낱이 파악한 완벽한 해설이었다.

그렇게 수업 전반이 끝날 무렵, 학생들은 이해했다.

이 세계에서 『불이 붙는다』라는 현상이 근본적으로 어떻게 발생하는지를.

논리가 아니라 영혼으로 이해한 것이다ー.

"그, 그렇군……."

"《흑요의 현자》라는 별명이 괜히 붙은 게 아니야……."

해설을 끝까지 들은 학생들이 여기저기서 중얼거렸다.

"음…… 불 마법은 내 전문 분야지만, 아직 갈 길이 멀다고 절실히 느꼈어."

"세레피나조차 그렇구나……."

깊이 감탄하는 세레피나를 보며 애니가 눈을 동그랗게

떴다.

그러자 랜디도 살짝 흥분하여 옆에 있는 릭스에게 말을 걸었다.

"아르카 선생님 이야기, 어려운데도 엄청 이해하기 쉽지 않아?!"

"그래. 나는 전혀 알아들을 수 없다는 사실을 바로 이해했어. 정말 대단해, 저 선생님……."

"너도 참 대단하다……."

진심으로 감동하는 릭스에게 랜디는 절로 눈살이 찌푸려졌다.

"흥……."

그리고 아르카의 수업에 감동하는 학생들 사이에서 단한 명, 시노만은 무관심하게 턱을 괴고 창밖을 바라보고 있었다.

"그럼 여러분, 바로 마법 수련장으로 이동하세요. 지금부터 제가 가르친【불 돌팔매】마법을 실제로 사용해 볼 거예요."

————.

"「나는 낳는다, 불의 돌팔매」!"

마법 수련장에 학생들이 외치는 소리가 울려 퍼졌다.

지금 그 수련장에는 둥근 표적들이 주르륵 설치되어 있었다.

학생들은 그 표적에서 조금 떨어진 곳에 서서 스피어를 펼쳤다. 그리고 주문과 함께 방금 배운 마법식에 따라서 스피어 내의 마력을 움직였다.

그러자―.

"우왁?!"

학생들 손끝에서 작은 불덩이가 생겨 날아갔다.

불 돌팔매가 명중한 표적이 타들어 갔다.

"대단해! 나갔다! 나도 성공했어?!"

랜디는 스스로 믿어지지 않는다는 것처럼 눈을 크게 떴다.

다른 학생들도 잇달아 첫 마법을 성공시키고 있었다.

"지금 여러분이 외친 『주문』은 마법식의 내용을 간결한 말로 줄인 거예요."

그리고 학생들이 실습하는 사이에도 아르카는 해설을 끼워 넣었다.

"말에는 힘이 있어요. 자신의 내계에 깊이 작용하죠. 주문을 외면 마법식에 따라서 마력을 움직이기 쉬워요. 하지만 정형화된 기존의 주문에 얽매일 필요는 없어요. 마력을 쉽게 움직일 수 있다면 어떤 말이든 상관없으니까. 그리고 최종적으로는……."

갑자기 아르카가 손가락을 탁 튕겼다.

그러자 아르카의 머리 위에 십수 발의 불덩이가 탄생해 앞쪽에 늘어선 표적으로 날아갔고— 모두 한 치 오차도 없이 명중했다. 수많은 표적이 동시에, 그리고 격렬하게 타올랐다.

심지어 학생들의 【불 돌팔매】와는 열량과 기세의 차원이 달랐다.

오오오오오!

환호하는 학생들 앞에서 아르카는 무덤덤하게 말했다.

"「영창 파기」. 마법식의 이해도를 높이고 숙달하여 자신이 아는 당연한 법칙으로 만든다. 주문 따위 외지 않아도 마력을 낭비 없이 원활하게 마법식에 따라 움직이는 것…… 그게 여러분이 지향할 목표예요."

더는 생각할 필요도 없이 알 수 있는 아르카의 실력에 학생들은 할 말을 잃었다.

"음, 너무나도 훌륭하다. 같은 영창 파기라도 아르카의 불을 「단단히 언 얼음」이라고 비유한다면 내 불은 「미지근한 물」. 저 위력과 정밀도에는 한참 못 미쳐……."

세레피나도 혀를 내둘렀다.

그런데.

"야아, 역시 세계 최고봉의 마술사, 아르카 선생님이야."

무슨 생각인지, 알프레드가 릭스에게 말을 걸었다.

"언젠가 우리도 저 경지에 도달하고 싶어……. 그렇게 생각하지 않아? 릭스.”

“…….”

“아아, 맞아. 미안미안, 너는 못 하지? 스피어도 없으니까. 도달하고 자시고의 문제가 아니었어…… 크크크…….”

알프레드가 깔보며 웃었다.

그 즉시 불쾌한 기류가 감돌았다.

“거기, 잡담하지 마세요. 감점당하고 싶나요?”

보다 못한 아르카가 알프레드에게 주의를 주려고 한 그때였다.

“아니, 그렇지도 않을걸? 저 정도라면 지금 나도 할 수 있어.”

릭스가 영문 모를 소리를 시작했다.

“““뭐어?!”””

“호오……?”

그 즉시 학생들이 놀라서 소리치고, 아르카가 흥미롭게 릭스를 봤다.

“야, 너…… 입에서 나오면 다 말인 줄 알아?!”

릭스의 여유가 마음에 들지 않는지, 알프레드가 물고 늘어졌다.

“스피어조차 없는 네가 어떻게 저런 신기를 따라 해?! 그런 말은 선생님께도 실례라는 생각 안 들어?!”

“아니, 할 수 있다니까? 제법 쉬운데? 뭐…… 아르카 선생님에 비하면 시간은 좀 걸리겠지만……."

"재미있네요. 해 보세요."

끝까지 불손한 태도를 거두지 않는 릭스에게 아르카가 순수한 흥미를 느꼈는지 지시했다.

"릭스. 당신이 아직 스피어를 열지 못했다는 이야기는 들었어요. 그런 당신이 어떻게 지금 제 기술을 재현할지…… 마술사로서 순수하게 궁금해요."

"서, 선생님?! 이런 망언을 곧이곧대로 듣지 마세요!"

"알프레드. 마술사에게 진정으로 필요한 자질은 기존의 상식, 고정관념을 의심할 줄 아는 유연한 사고예요. 그러니까 릭스, 한번 해 보세요. 저한테 그 정도 큰소리를 쳤으니까 실망시키지 말아줬으면 좋겠네요."

"네. 맡겨주세요, 선생님. 그럼 잠시만 시간을……."

그렇게 말한 릭스는 마법 수련장 밖에 있는 숲으로 번개처럼 달려갔고…… 금세 돌아왔다. 마른 나뭇가지를 한 아름 안고서.

웅성거리는 학생들.

이게 뭔가 하고 어리둥절하게 바라보는 알프레드와 아르카 강사.

"'설마……?'"

벌써 안 좋은 예감을 느낀 랜디, 애니, 세레피나.

그런 일동 앞에서 릭스는 일을 벌였다.

"「나는 낳는다, 불의 돌팔매」애애애애애애—!"

오만상을 찌푸리며 나뭇가지를 두 손바닥 사이에 끼우고 바닥에 둔 나뭇조각 위에 비볐다.

파바바밧—! 나무와 나무가 마찰하는 시끄러운 소리가 울려 퍼졌다.

"아하하하하하! 너 바보야?! 그런다고 불이 붙겠—."

화륵!

"붙어어어어어어어어어어어어?!"

눈알이 튀어나올 만큼 알프레드의 눈이 커졌다.

아르카도 눈을 동그랗게 뜨고 있었다.

"「나는 낳는다, 불의 돌팔매」!「나는 낳는다, 불의 돌팔매」애애애애애애—! "

같은 방식으로 릭스는 차례차례 나뭇가지에 불을 붙여 횃불을 만들어냈다.

그 수가 눈 깜짝할 사이에 열 개를 넘었다.

릭스는 그것을 양손으로 모아들고 표적 앞에 서더니…….

"「나는! 낳는다! 불의! 돌팔매」애애애애애애애애애애애애애애애애애애애애애애애애애애애애애애애애애—! "

몸 전체의 탄력을 이용해 그 횃불 다발을 전력투구했다.

횃불들은 각각 한 치 오차도 없이 표적으로 날아갔고—.

빠각!

표적을 모조리, 그리고 동시에 박살 냈다.

"""""……""""".

학생들은 입을 다물지 못했다.

"역시 아르카 선생님 말씀이 옳았어."

그런 가운데, 릭스가 큰일이라도 마친 듯 뿌듯하게 웃으며 말했다.

"말에는 힘이 있다더니."

"그거 아니야. 절대 아니야."

랜디가 거의 의무적으로 태클을 걸었다.

그러던 그때였다.

"릭스 학사생……."

흐느적. 감정을 읽을 수 없는 가면 같은 얼굴로 아르카가 릭스에게 다가왔다.

"헉?! 자, 잠깐만요, 선생님! 화가 나시는 건 이해하지만!"

"애가 좀 모자라서 그래요! 뭐라고 해야 하지, 그냥 밑도 끝도 없는 바보예요!"

"내가 나중에 따끔하게 혼낼 테니까 분노를 거두어 주지 않겠나?!"

애니, 랜디, 세레피나가 당황해서 변호하려고 들지만, 이미 늦었다.

아르카가 릭스 앞에 서서 천천히 손을 들었고…….

"훌륭해요."

처음 보여주는 상냥한 표정으로 릭스의 어깨에 손을 톡 올렸다.

"그래요…… 그런 방법도 있었군요. 덕분에 이 나이가 되어서도 저의 상식과 고정관념을 하나 깰 수 있었어요. 고마워요."

"선생님. 그건 깨면 안 되는 상식 아닐까요."

그런 랜디의 마무리 멘트와 함께 오늘의『흑마법』수업은 종료되었다.

———.

"여러분, 안녕하세요. 저는 레이 독토리스.『백마법』수업을 담당하는 도사예요. 기억해 주시길 바랍니다."

백마법 수업 시간.

교실에서 기다리는《백학급》학생들 앞에 나타난 사람은 밝은 금발에 푸른 눈을 가진 남자였다.

부드러운 머릿결, 이지적이면서도 온화한 눈빛, 치밀하게 정돈된 얼굴. 눈을 사로잡는 아름다운 청년이 나타난 순간, 여학생들이 환성이 터졌다.

“흑마법이 이 세계의 물리적 법칙과 에너지— 외계에 간섭한다면 백마법은 내계— 육체나 정신, 생명의 신비, 생물의 존재 자체를 탐구합니다. 때로는 다친 육체를 치유하고, 때로는 육체를 변화, 변질시키며, 때로는 타인의 마음을 현혹하는 환각을 보여주고, 때로는 타인의 존재 자체를 저주하죠. 백마법은 흑마법과는 또 다른 위험한 일면을 지녔어요. 학생 여러분은 이걸 절대로 악용하지 않도록 주의해 주세요.”

“““““네~! 선생님♥”””””

온화하게 미소 짓는 레이에게 애니와 세레피나, 시노 같은 일부를 제외한 여학생들이 단체로 손을 가슴 앞에 모으고 황홀하게 대답했다.

“쳇, 이래서 미남은…….”

“말 잘했어, 랜디! 이게 신성한 학교에서 나올 소리야?! 미남은 죽어야 해!”

“그래, 바로 그거야! ……이럴 때만 너와 마음이 맞는 내가 싫다.”

그런 두 바보를 무시한 채 레이는 수업을 시작했다.

레이가 이번에 수업에서 다룰 주제는 【수면】 마법식이었다.

타인을 강제로 수면에 빠뜨리는 정신 지배 마법의 기초라고 한다.

레이의 수업도 아르카 못지않게 이해하기 쉬웠지만, 레

이의 일거수일투족에 여학생들이 일일이 꺅꺅 소리를 지르는 탓에 남학생들은 짜증과 스트레스가 쌓여만 갔다.

"그럼 실습입니다. 옆 사람과 교대로 지금 배운【수면】마법을 걸어 보세요."

남학생들에게는 지옥 같은 시간이 지나고 겨우 실습 단계로 넘어왔다.

"괜찮습니다. 잠든 학생은 제가 바로 마법으로 깨울 테니까."

"""""앙~! 레이 선생님이 다정하게 깨워 주시면 좋겠어요~♥"""""

"""""쳇! 쳇! 체에에에에엣—!"""""

이런 애증의 도가니 속에서 마법 실습이 시작됐다.

"「그대에게 안식을, 눈꺼풀은 감겨라」! ……어때? 통했어?"

"으음……? 미안, 랜디. 변화가 없는 거 같아……."

"그, 그래……? 젠장, 어렵네. 애니가 나한테 걸었을 때는 바로 잠들어 버렸는데……."

"으으…… 나는 여전히 백마법이 어렵군……. 애니, 요령을 알려다오……."

학생들은 막 배운 마법에 악전고투했다.

애니 말고 아직 성공한 학생이 보이지 않았다.

"여러분, 차분해지세요. 같은 위계의 마법이라도 기본적으로 백마법은 흑마법보다 난이도가 굉장히 어렵습니다. 흑마법의 대상은 의지 없는 외계지만, 백마법의 대상은 의지도 있고 저항도 하는 개인이니까요.”

레이가 학생들 사이를 돌며 안심하도록 일렀다.

그러던 그때였다.

“야, 릭스. 해 보자. 서로 【수면】 걸기.”

지겹지도 않은지 알프레드가 또 릭스에게 시비를 걸었다.

“너도 수업에 참여했잖아. 과제는 똑바로 수행해야겠지? 누가 상대방을 깊이 재우는지 대결하자. 설마 도망가지는 않겠지?”

릭스가 승낙하면 가차 없이 마법을 걸고, 거부하면 도망쳤다고 주위에 떠벌린다. 사람들 앞에서 릭스에게 망신을 주려는 속내가 훤히 보였다.

하지만.

“대결이야? 좋아, 해 보자.”

릭스는 간단하게 승낙하고 말았다.

‘흥, 멍청한 녀석. 백마법은 내 전문 분야야. 내 【수면】은 애니 따위와는 차원이 다를 거다. 애초에 스피어가 없는 너한텐 승산도 없을 텐데?’

알프레드가 내심 회심의 미소를 지었다.

“그럼 나부터. 간다! 「그대에게 안식을, 눈꺼풀은 감겨라」!”

그 순간이었다.

알프레드의 손가락 끝에서 나온 【수면】의 마력이 릭스를
삼켰다.

"욱—?!"

릭스를 덮치는 강렬한 잠기운. 멀어지는 의식.

그 직후, 릭스의 몸이 덜컥 쓰러지며…… 당장에라도 바
닥에 엎어지려던 바로 그때였다.

푹! 푸쉭—!

릭스는 어디선가 꺼낸 나이프로 자기 허벅지를 쑤셔 버
렸다.

당연히 피가 분수처럼 솟으며 대참사가 벌어졌다.

"후우…… 좋아. 이제 정신이 말똥말똥해."

"으아아아아아아아아아아아아아악?!"

"꺄아아아아아아아아아아아아아아아아아아아아아—!"

당연히 교실에선 난리가 났다.

"역시 대단해, 알프레드. ……하지만 버텼어."

"잠깐— 너, 무슨 짓이야?! 바보냐?! 보통 그렇게까지 해?!"

이겨 냈다며 씩 웃는 릭스에게 알프레드가 기겁했다.

"대결이라는 이름이 붙으면 나는 봐주지 않아. 이번에는
내 차례다……!"

겁먹고 뒷걸음치는 알프레드 앞에서 릭스가 휙 사라졌다.

“응—?!”

알프레드가 깨달았을 때는 이미 릭스가 알프레드의 뒤로 돌아가 팔을 목에 감고 있었다.

“히익?! 너, 너 대체, 무슨—?!”

「그대에게 안식을, 눈꺼풀은 감겨라」아아아아아아아—!”

소리치는 동시에 릭스는 맹렬한 힘으로 알프레드의 목을 졸랐고…… 풀썩.

순식간에 알프레드는 정신을 잃었다.

“이게 【수면】 마법인가. 역시 레이 선생님의 말씀대로 악용해선 안 될 위험한 힘이야……. 조심해야겠어.”

눈알이 뒤집어진 채 거품 물고 바닥에 쓰러진 알프레드를 내려다보며 릭스는 스스로 경각심을 키웠다.

“잠시만 눈을 떼면 바로 이 모양이야…….”

“아, 아하하…….”

허둥지둥 두 사람을 마법으로 치료하는 레이 선생님을 보면서 랜디가 어이없는 표정으로 한숨 쉬었고, 애니는 난 감하게 웃을 뿐이었다.

릭스의 학원 생활은 만사가 이런 느낌이었다.

무슨 일이든 압도적인 신체 능력으로, 힘으로 해결.

그 모습은 이 세계의 섬세한 법칙과 섭리를 다루는 마법의 길, 마술사의 행동 방식과는 정반대였다.

────.

며칠 후.

점심시간, 교사 안에 있는 호화로운 학생 식당에서.

"처음에는 걱정했지만, 나 의외로 수업에 따라가고 있어!"

"아니. 절대로, 아니야."

상쾌하게 말하는 릭스에게 랜디가 평소처럼 태클을 걸었다.

각자 주문한 요리를 차려놓고 점심을 먹는 중이었다.

"뭐가 문제야? 랜디, 나는 선생님이 낸 과제에 착실하게 성과를 내고 있잖아?"

"그래, 냈지. 하지만 네가 하는 그건 근본적으로 틀렸어……."

랜디는 호밀빵을 씹는 릭스에게 한숨 쉬며 감자수프를 떠먹었다.

"하지만 실제로는 어떻지? 이대로 가도 릭스는 마술사가 될 수 있는 건가?"

"아쉽지만, 어렵지 않을까……."

정중하게 로스트비프를 써는 세레피나의 질문에, 청어 파이를 포크로 찍던 애니가 말하기 꺼려지듯 말끝을 흐렸다.

"학기말 학점 취득 시험에는 마법 실기 시험도 있어. 릭스의 방식을 인정하는 선생님은 아마 안 계실 거야……."

"그렇지? 게다가 필기시험만으로는 학점이 부족해."

무슨 수가 없을지 머리를 긁는 랜디에게 릭스가 자못 진지하게 말했다.

"마법을 못 써도 마술사가 되는 방법은 없어?"

"너는 대체 무슨 소리를 하는 거야?"

"큭…… 역시 스피어를 열지 못하면 희망이 없나……! 그렇다면 퇴학은 시간문제……! 다들, 기억해 줘. 이 학원에 릭스 프레스탯이라는 남자가 있었다고……!"

"잊을 수 있겠냐. 뇌를 주물러서 기억이라도 바꾸지 않는 한 불가능해."

"그렇지."

릭스와 만난 뒤 벌써 몇 번째인지 모를 한숨을 내쉬며 랜디가 걸고넘어졌고, 세레피나가 동의했다.

"그런데 스피어 개방은 어떻게 되어가? 진척은 있어? 매일 방과 후에 안나 선생님께 지도를 받고 있지? 시노랑 같이."

포크로 토마토 콩 스튜를 먹으면서 랜디가 물었다.

힐끔 눈을 돌리자 떨어진 자리에서 혼자 쓸쓸히 식사하는 시노가 보였다.

"그게, 나도 시노도 글렀어! 스피어가 열릴 기미도 안 보여!"

"그, 그래……? 우리와 너희는 대체 뭐가 다른 거지? 나조차 크게 고생하지 않았는데……."

릭스는 명랑하게 대답하지만, 랜디는 겸연쩍어 보였다.

"그래도…… 안나 선생님은 좋은 선생님이셔."

화제를 바꾸려고 애니가 그런 말을 꺼냈다.

"좋은 선생님?"

"그야 릭스와 시노를 위해서 매일 인내심을 갖고 진지하게 지도해 주시잖아. 안나 선생님도 본인 수업이나 연구가 있는데. 쉽게 할 수 있는 일이 아니라고 생각해."

"아, 응. 그렇, 지……?"

애니의 말에 릭스가 애매하게 답했다.

"왜 그러지? 묘하게 말을 더듬는군. 무슨 일이라도 있었나?"

"아무것도 아니야. 아마 내 착각이겠지. 아아, 어떡하지~? 만약 이대로 스피어가 열리지 않으면……."

"걱정하지 말거라. 설령 마술사가 되지 못해도 그대의 신체 능력이 있다면 뭐라도 할 수 있겠지. 예를 들면 용병이라거나. 정 안 되면 이 몸이 특별히 그대를 용병으로 고용해 주마! 어떠냐?!"

"절대 안 해."

"1초의 고민도 없이?! 그리도 내가 싫은가?!"

쿠웅. 세레피나가 눈물을 글썽거리며 외친 그때.

"훗…… 여전히 제 식구 감싸기에 여념이 없군, 너희는."

갑자기 릭스 일행에게 빈정대는 목소리가 들렸다.

돌아보자 알프레드가 서 있었다.

"평민 출신 마술사가 다 그런 법이지. 마법을 배우기 위한 이념도 신념도 없어. 마법을 단지 자아실현과 출세의 도구로만 생각해. 하여간, 너희 평민들의 속물근성에는 정말 신물이 나."

"뭐라고……?!"

듣다 못 한 랜디가 일어서서 알프레드를 노려봤다.

"왜? 사실이잖아? 그리고…… 사실 기쁘지? 자기보다 「아래」가 있어서. 그래서 그냥 일반인일 뿐인 릭스와 친한 척하는 거 아니야?"

알프레드가 물러서지 않고 랜디를 마주 노려봤다.

"뭐?! 아무리 그래도 해도 될 말이 있고 아닌 말이 있어, 이 자식아!"

분개하는 랜디를 무시하고 알프레드가 릭스를 흘겨봤다.

"릭스…… 이야기는 들었어. 너, 제법 대단하신 「검사」라며? 해마를 평범한 검으로 물리칠 정도로."

"……."

"그건 칭찬해 줄게. 훌륭해. 솔직히 대단하지. 멋져, 멋져. 마법 없이 해마를 물리치는 인간? 아무리 세상이 넓다 해도 거의 없을 거야. 하지만— 아쉽게 됐네. 「검사는 마술사에게 절대로 못 이겨」."

알프레드가 깔보는 말에 랜디와 애니가 흠칫했다.

"훗, 너희 그 반응…… 이제 내가 한 말을 이해할 수준까진 올라왔나 봐? 맞아. 검사는 백날 검을 단련해 봤자 어차피 최하급 마술사한테도 못 이겨. 평범한 검사가 할 수 있는 일은 기껏해야 평범한 인간을 죽이거나 비천한 마물을 도륙하는 정도……. 그게 이 세계의 변치 않는 진리야. 지금까지의 수업은 그 무식한 신체 능력으로 얼렁뚱땅 넘겼을지 몰라도, 만약 너와 내가 진지하게 마법전으로 붙으면…… 너는 절대로 나한테 못 이겨. 실제로 너는 이미 거기 있는 랜디나 애니에게도 이기기 어려울걸? 곧 마법전 교련 수업도 시작될 텐데…… 그때가 기대되지 않아? 릭스."

알프레드는 의기양양하게, 얕잡아보듯이 웃었다.

"Zzz…….."

빵을 문 채 곯아떨어진 릭스에게.

"이 상황에서 잠이 와?! 여전히 불쾌한 인간이야, 너는!"

알프레드가 부르짖으며 릭스의 멱살을 부여잡고 앞뒤로 마구 흔들어 깨웠다.

"저, 정말 미안……. 이야기가 길어서……."

"흐, 흥! 됐어. 마법전 교련이나 기대해 둬. 「검사는 마술사에게 절대로 못 이긴다」…… 그 의미를 뼈저리게 느끼게 해줄게. 비참하게 땅을 뒹구는 네 모습이 벌써 눈에 선해. 아하하하하하하!"

알프레드는 하고 싶은 말만 일방적으로 쏟아낸 뒤 떠났다.

“아오…… 재수 없는 자식.”

“그래. 심보가 뒤틀렸지.”

“릭스, 너무 마음에 담아 두지 마……. 너도 언젠가 분명 스피어를 열 수 있을 테니까.”

랜디, 세레피나가 그 뒷모습을 바라보며 험담을 쏟았고, 애니가 릭스를 격려했다.

하지만 릭스는 깨달았다. 「검사는 마술사에게 절대로 못 이긴다」라는 말 자체는 아무도 부정하지 않는다는 것을.

‘「검사는 마술사에게 절대로 못 이긴다」…….’

그건 대체 무슨 의미일까?

릭스는 빵을 씹으며 멍하게 생각에 빠졌다.

곧 점심시간의 끝을 알리는 종소리가 학원 안에 울려 퍼졌ㅡ.

제6장 마법전 교련

　신입생들이 에스토리아 마법 학원에 입학하고 한 달이 지났다.

　개인차는 있어도 누구나 조금씩 마법을 쓸 수 있게 될 시기였다.

　드디어『마법전 교련』수업이 시작된다는 공지가 내려왔다.

　오늘은 그 첫 수업이 있는 날이다.

　"이미 아는 사람도 있겠지만, 내가 다르윈 스트리크다. 이 학원에서『마법전 교련』을 담당하지. 참고로 나는『에스토리아 공인 1급』— 대도사다. 너희와는 실력이 하늘과 땅 차이란 뜻이다. 알겠나? 이 수업에서 나를 화나게 하면 목숨이 날아갈 줄 알아라, 굼벵이들."

　수업을 시작하자마자 다르윈 강사의 으름장과 눈빛에 학생들은 위축되었다.

　이곳은 학원 지하에 있는 마법 투기장.

　중앙의 거대한 타원형 필드에 학생들이 정렬해 있었다.

기본적으로 『마법전 교련』은 다른 학급과 합동으로 이루어진다.

보통 두 학급이 수업을 받지만, 오늘은 첫날이므로 《백학급》, 《청학급》, 《적학급》이 모두 모였다.

"마법은 위대한 힘이다. 최고의 영지(靈智)와 세계의 진리를 탐구하는 길잡이다. 하지만 너희 굼벵이들은 마법을 장래 취직이나 출세의 밑거름, 남과 다르다는 자기 현시욕의 증명서, 혹은 조금 강한 무기 정도로밖에 생각하지 않지. 몹시 상상력이 빈약하고 생각이 얕다. 넌더리 날 만큼 어리석고 평화에 찌든 사고방식이야. 통탄스럽기 짝이 없어. 창피한 줄 알아라."

'이 사람은 욕을 안 하면 말을 못 하나……?'

꼬리에 꼬리를 물고 폭언을 퍼붓는 다르윈에게 학생들은 질린 얼굴이었다.

"마법은 이토록 위대하고 숭고하지만…… 동시에 그 본질에 피할 수 없는 위험성과 어둠을 품은 것도 사실이다. 마술사와 마술사는 운명적 인력으로 서로 이끌리는 법. 마술사 간의 전투는 마술사인 이상 피할 수 없다. 그건 역사가 증명하지. 그러므로 나의 수업은 그 마술사 간의 전투에서 승리하는 법을 가르친다. 마법전에서 이겨야만 다가갈 수 있는 진리도 있다는 것이다. 그러니까 굼벵이들— 지금부터 싸워라."

""""“네?””””

다르윈의 갑작스러운 선언에 학생들은 어안이 벙벙했다.

“왜 가만히 있지? 굼벵이들, 즉시 마법전으로 싸우라고 했다. 굼벵이인 너희가 아는 굼벵이처럼 저열한 마법을 총동원해라. 봐줄 필요 없다.”

“아뇨, 선생님…… 저희는 아직 마법으로 싸우는 법을 전혀 배우지 못했는데…….”

“지금 너희 굼벵이들이 마법전 전투 이론을 배운다고 이해할 수 있다고 생각하나? 자만에도 정도가 있다. 배우기보다 익숙해져라. 지금 당장 아무나, 이곳에 있는 사람 중에서 상대를 골라 일대일로 싸워라. 한쪽이 쓰러질 때까지. 그리고 그게 끝나면 상대를 바꿔서 다시 한쪽이 쓰러질 때까지 싸워라. 걱정하지 마라. 죽지만 않으면 상처는 고쳐주겠다. 나는 착한 사람이니까.”

“““““…….”””””

“먼저 다섯 번 이긴 사람은 **빠져도 된다**. 패자는 끝까지 남아라. 그리고 수업이 끝날 때까지 남아 있는 굼벵이 패배자들에게는 내가 친히 특별 훈련을 시켜주마. 태어난 걸 후회하게 해주겠다.”

“““““…….”””””

“왜 가만히 있지? 아, 그렇군. 학생끼리 싸우지 않고 나와 싸우고 싶나? 좋다, 상대해 주마. 한꺼번에 덤벼라―.”

다르윈 강사가 한없이 진지한 눈으로 팔을 들어 올려 막대한 마력을 짜내자…….

"히이이이이이이이익—?!"

"스파르타도 정도가 있지!"

"대체 뭐야, 이 선생님으으으으으은?!"

학생들은 놀란 개미 떼처럼 대련 상대를 찾기 시작했다.

———.

점잖게 표현해 그곳은 지옥이었다.

지금 지하 마법 투기장 곳곳에서는 학생들이 2인 1조로 사투를 벌이고 있었다.

배운 지 얼마 되지 않은 마법을 구사해 무작정 상대를 쓰러뜨리고자 악을 썼다.

욕지거리부터 비명, 울음, 마법이 작렬하는 소리까지.

도처에 만신창이가 되어 기절한 학생이 굴러다니고, 승리를 거머쥐고 팔을 들어 올려 기뻐하는 학생들도 만신창이였다.

"젠장, 이게 수업이냐, 개판이지! 저 선생, 무슨 생각이야?!"

방금 1차전을 끝낸 랜디가 분통을 터뜨렸다.

운 좋게 상대도 마법 초보라서 가까스로 이겼나 보지만, 온몸이 그을려 엉망이었다.

“훌쩍…… 아파…… 아파…….”

마찬가지로 1차전을 마친 애니도 눈물을 머금고 다리의 타박상을 부여잡고 있었다.

공기 탄환을 날리는 【공탄】 마법을 정통으로 맞고 나뒹군 결과였다.

“으으…… 알 수가 없군. 애니처럼 전투에 맞지 않는 학생도 있건만…… 저 선생의 진의를 모르겠어!”

세레피나는 역시 화려하게 1승을 따냈지만, 이런 의미 모를 수업을 진행하는 다르윈에게 분개하는 듯했다.

‘그나저나…… 마법 세계에서도 싸움은 피할 수 없나? 음…….’

한편, 릭스는 착잡한 기분으로 방금 다르윈이 한 말을 되새기고 있었다.

‘아냐아냐, 그럴 리가 없어! 내가 아는 마술사는 시골에서 마법 의사로 지내면서 예쁜 아내와 귀여운 딸과 함께 평화롭고 행복하게 살고 있었다고! 그냥 저 선생님의 생각이 특이하고 극단적일 뿐이겠지! 아마! 그럴 거야!’

그건 그렇고 당면 과제는 이 상황이었다.

릭스도 슬슬 싸워야 한다. 아까부터 다르윈이 노려본다.

릭스가 상대를 찾아 주변을 두리번거리던 그때…….

“이날을 기다렸어, 릭스.”

릭스 앞에 여유로운 표정을 지은 알프레드가 나타났다.

"드디어 너와 나의 격차가 드러나는 날이 온 거야. 「검사
는 마술사에게 절대로 못 이긴다」…… 그 의미를 내가 너한
테 알려줄게."

"알프레드……."

"괜찮아. 네 허리춤에 찬 검…… 마음껏 써도 돼. 진검이
겠지만, 마술사에겐 단순한 나뭇가지나 다를 바 없으니까.
당연히 받아들일 거지? 이제 와서 도망칠 리가 있겠어? 안
그래, 릭스?"

릭스는 이미 자신의 승리를 확신하는 알프레드를 조용히
바라봤다.

애초에 이건 수업이었다. 결국 누군가와 싸워야만 한다.

더는 알프레드와의 격돌은 피할 수 없다.

"알았어. 잘 부탁해."

간결하게 답하고 릭스가 알프레드의 시합을 받아들이려
던, 그때였다.

"──?!"

갑자기 무언가 깨달은 것처럼 릭스가 달려 나갔다.

"여기로 와라, 릭스. 방금 시합이 끝나 빈 장소─ 우와아
아아아아아아아아아아아아아아아아아아악─?!"

맹렬하게 달려온 릭스에게 치여 알프레드가 저 멀리 날

아갔다.

"무, 무슨 일이냐?!"

"리, 릭스! 왜 그래?!"

"리, 릭스?!"

무슨 일인가 싶어 세레피나, 랜디, 애니가 당황해서 릭스의 뒤를 쫓았다.

릭스가 달려간 곳에는 사람이 모여 있었고— 음습하고 참담한 광경이 펼쳐져 있었다.

"캬하하하하하하하하하하—! 야, 시노! 너, 이거밖에 못 해?!"

"콜록…… 쿨럭…… 우, 으…….."

온몸이 탄 자국, 타박상으로 가득해 눈 뜨고 봐주기 힘들만큼 비참한 몰골—《백학급》의 고고한 여학생, 시노였다.

그리고 그런 시노를 보며 폭소하는 덩치 큰 남학생.

《적학급》의 고든 글로라일…… 입학식에서 시노, 릭스와 충돌한 불량 학생이었다.

아마 고든이 시노에게 싸우자고 강요했을 것이다.

아직 스피어가 열리지 않은 무력한 시노에게 억지로.

"합, 합, 하앗—! 왜 그러지, 특대생니이이이이이이임—?!"

"으, 아아아아아아아아아아아아아아아아아—?!"

고든이 눈부신 번개를 팔에 두르고 시노를 무자비하게
내리쳤다.

포물선을 그리고 날아든 번개에 맞아 온몸에 강렬한 전
류가 파고들자 제아무리 시노도 고통에 비명을 지를 수밖
에 없었다.

"아, 아…… 으…….."

당연히 시노는 그대로 힘없이 쓰러져 의식을 잃으려고
하지만…….

"어이쿠?"

고든이 팔을 휘두르자 쓰러질 뻔한 시노의 몸이 우뚝 멈
췄다.

그리고 마치 보이지 않는 무언가에 매달린 것처럼 시노
의 몸이 부자연스럽게 선 상태로 고정됐다.

틀림없이 물체의 운동 조작 마법이었다.

그리고 정신을 잃지 않도록 각성 마법도 썼을 것이다. 의
식이 돌아온 시노는 고통에 신음했다.

"아…… 우…….."

"어이어이, 이보쇼. 해가 중천인데 벌써 자면…… 쓰나!"

퍽!

매달린 시노의 복부에 고든의 강렬한 펀치가 꽂혔다.

"컥?! 으윽?!"

아무 저항도 할 수 없는 시노는 눈을 크게 뜨고 부들부들

떨고 있었다.

결판은 났다.

그곳에 있는 누가 봐도 두 사람의 시합은 끝나 있었다.

애초에 시노는 아직 마법을 쓸 수 없었다. 처음부터 싸움조차 되지 않았다.

그런데 고든은 멈추지 않았다. 시노에게 일방적인 폭력을 멈추려고 하지 않았다.

그리고 이 상황에서 가장 이해할 수 없는 것은―.

"……."

담당 교사 다르윈이 이 불합리한 시합을 전혀 말리지 않는 점이었다.

냉혹한 눈으로 흘겨볼 뿐, 고든에게 아무런 참견도 하지 않았다.

"저, 저기요…… 고든 씨?"

"그…… 아무리 그래도, 좀 과하지 않나요……?"

오히려 고든의 똘마니들이 이래도 되나 싶어 끼어드는 지경이었다.

"엉? 무슨 소리야? 아직 이 녀석, **안 쓰러졌잖아?**"

고든이 희열에 찬 표정으로, 허공에 매달린 시노에게 친근하게 어깨동무하며 말했다.

"다르윈 선생님이 말했지? 「쓰러질 때까지」라고. 나는 선생님의 말씀을 착실히 따르고 있을 뿐이야. 사실 나도 슬슬 마음이 아파……. 제발 쓰러져 주면 좋겠는데 우리 시노가 아직 포기하지 않고 맞서잖아? 어쩔 수 없이 싸우는 거야. 나는 성실한 모범생이니까."

"그, 그러네요…… 아하하……."

"고든 씨는 성실하니까요……."

똘마니들은 더 이상 아무 말도 할 수 없었다.

《적학급》에서 고든은 폭군으로 군림하는 모양이었다. 《적학급》 학생들은 단 한 명도 고든에게 엮이지 않으려고 보고도 못 본 척이었다.

이런 상황에서 고든은 힘없이 늘어진 시노의 턱을 거칠게 들어 올리고, 사냥감을 앞에 둔 맹수처럼 입맛을 다셨다.

"시노, 나와 내 실력이 이렇게 호각이긴 하지만…… 슬슬 이 싸움을 끝내고 싶지? 아까부터 몇 번이나 말했다시피 네가 어떤 말만 하면 나는 지금 당장 끝내줄 수도 있어…… 어때?"

"쿨럭! 그…… 그러니까……! 마음대로…… 하면 되잖아……!"

시노가 피를 토하면서 목소리를 쥐어짰다.

"나를 갖고 싶으면……! 마음대로…… 하든가……! 네 여자든…… 노예든…… 뭐든…… 해줄, 콜록! 테니까……! 나

같은 건…… 어차피…… 살아 있을 가치…… 우욱—?!"

뭔가 말하려던 시노의 배에 고든의 주먹이 묵직하게 파고들었다.

"아니지. 내가 듣고 싶은 말은 그게 아니야. 그건 확정된 사실이잖아? 내가 듣고 싶은 건……「저, 이 학원에서 자퇴할게요」야."

"……!"

시노의 눈동자가 희미하게 흔들렸다.

"아니, 사실 나도 난처해……. 고든 글로라일의 여자가 스피어도 못 여는 무능하고 덜떨어진 학생이라니? 남들이 날 어떻게 보겠어? 이건 글로라일의 체면이 걸린 문제야. 하지만 네가 퇴학해서 학생이 아니게 되면 문제없잖아? 그러면 그냥 갖고 놀려고 옆에 두는 여자니까. 캬하하하하하!"

고든의 이기적이기 그지없는 논리에 누구나 구역질이 날 것 같았다.

"캬하하하하하! 영광으로 생각해! 그만큼 네가 마음에 들었다는 말이니까! 너 얼굴 하나는 진짜 최고거든! 캬하하하하하하하하하하하하하하하하하하하하—!"

"으…… 아……."

"잘 생각해 봐. 솔직히 상관없잖아? 그냥 학원 때려치워! 어차피 스피어도 못 여는 무능아니까! 억지로 빌붙어 있는다고 뭐가 달라져? 전부 포기하고 나한테 몸도 마음도 다

바치는 게 훨씬 유익한 삶이지! 안 그래?!"

"나, 나……는…….”

시노는 부들거리며 뭔가 말하려다가…….

“…….”

그대로 입을 다물고 눈을 내리깔았다.

“어라~? 시노, 아직 포기하지 않고 맞서려고~? 뒷심 강한데! 그럼 나도 정정당당하게 싸워야겠지—?!”

고든은 강렬한 번개가 튀는 팔을 시노에게 더 세게 밀어붙였다.

“으아아아아아아아아아아아아아아아아아아—?!”

그 순간, 귀를 찢는 시노의 비명과 번개의 파열음이 앙상블을 이뤘다.

“저 개자식이……!”

“더는 못 봐주겠다!”

랜디와 세레피나의 의분이 폭발했다.

“선생님! 다르윈 선생님!”

애니가 멀리서 방관할 뿐인 다르윈에게 울면서 매달렸다.

“저 사람을 말려주세요! 저건 너무 잔인해요!”

하지만 다르윈은 그런 애니를 귀찮다는 듯 떠밀며 냉혹하게 말했다.

“보아하니…… 저 둘은 아직 결판이 나지 않았다만?”

“결판?! 그, 그런 건 진작에……!”

"나는 「쓰러질 때까지」라고 했다. 그렇게 선언한 이상, 그게 시합을 끝낼 절대 조건이다. 이곳에서는 절대로 뒤집을 수 없는 규칙이다. 시노 화이나이트는 아직 쓰러지지 않았다."

"그, 그건……! 고든이 마법으로, 시노를 묶어서죠……! 저런 건 비겁해요! 너무하다고, 불쌍하다고 생각하진 않으세요?!"

"그래서 네놈들이 굼벵이라는 거다. 마법이 품은 어둠과 공포를 전혀 이해하지 못했어."

다르윈의 얼음 같은 눈빛에 애니가 무심코 몸서리쳤다.

"마법은 너희 굼벵이들이 생각하는 것처럼 꿈과 희망으로 찬 소꿉장난이 아니다. 마술사의 역사는 항상 피로 얼룩진 투쟁의 역사였다. 거기에 일반인의 윤리나 도덕, 정은 아무 소용도 없다. 「그대, 바라는 것이 있다면 타인의 소망을 화로에 지펴라」…… 자기 의지를 밀어붙일 수 있는 힘이 전부다. 알겠나? 마술사라면 네놈에게도 언젠가 반드시 싸움을 피할 수 없는 순간이 온다. 그리고 적은 모든 수단을 동원해 네놈에게 자기 의지를 밀어붙일 테지. 네놈은 그런 적들에게 정이나 도덕을 호소할 생각이냐? 정의를 설파할 거냐? 그렇다면 지금 당장 마술사를 때려치워라. 그게 네 신상에 이로우니까. 똑바로 이해해라. 이곳의 규칙에 따르면 고든 글로라일은 아무런 잘못도 없다. 무력한 주제에 학원에 빌붙고 안이하게 시합을 받아들인 시노 화이나이트야말로「잘못」이다.”

“크……?!”

애니는 심한 충격을 받고 굳어 버렸다.

애니는 다르윈의 말을 전혀 납득할 수 없었다.

그렇지만…… 뭘까, 이 말에 실린 무게는. 그리고 패배감은.

“하! 선생님, 당신 논리는 똥이야!”

“그래! 참는 데도 한계가 있다!”

이제는 난투도 불사하겠다. 랜디와 세레피나가 그럴 각오도 고든을 향해 뛰어가려던…… 그때였다.

두 사람 사이로 한 줄기 섬광이 빠져나가 일직선으로 고든에게 날아갔다.

“뭐야?”

고든이 보지도 않고 그 섬광을 두 손가락으로 잡아냈다.

그 섬광의 정체는— 나이프였다.

“거기까지만 해, 고갱.”

릭스였다. 릭스가 나이프를 던진 것이다.

어안이 벙벙한 랜디와 세레피나를 좌우로 밀고 나아간 릭스가 고든 앞에 섰다.

“어엉? 시비 거냐? 나는 고든이야.”

“그랬나? 고 어쩌고. 미안한데 나는 구구단도 제대로 못

외워.”

“이내 고든의 표정이 분노로 위험하게 불타올랐다.”

학생들이 웅성거렸다.

“릭……스……?”

의식이 몽롱한 시노가 릭스를 알아차리고 신음했다.

그런 주위 상황에 개의치 않고 릭스와 고든이 코앞에서 서로를 노려봤다.

체격 차이가 상당하여 고든이 릭스를 내려다보는 모양새였다.

“그러고 보니 스피어를 못 연 쓰레기가 시노 말고 한 명 더 있었지? 야…… 어디서 쓰레기 주제에 나와 시노의 시합을 방해해? 죽고 싶냐?”

“내 알 바야? 빨리 그 시합 끝내라고. 다음 사람이 기다리니까.”

“뭐어? 다음 사람?”

고개를 갸웃거리는 고든에게 릭스가 당당히 선언했다.

“나와 마법전으로 싸워. 설마 도망치지는 않겠지? 나와 싸우고 싶지 않아서 시노와 싸우면서 시간만 질질 끌지는 않을 거지?”

“──!”

도발적으로 나오는 릭스 때문에 고든은 한순간 말문이 막혔다.

“캬하하하하하하하하하하하하하하하하하하하하하—!”

하지만 그 직후, 미친 듯이 웃음을 터뜨렸다.

“그러고 보니 입학식에서 너한테 큰 빚을 졌었지?! 좋아, 받아줄게! 여기 모인 사람들 앞에서 너를 비참하게 죽여주마!”

고든이 그렇게 외친 순간, 고든의 전신에서 압도적인 마력이 폭발했다.

그 살 떨리는 마력압은, 그 거인 같은 존재감은 이미 학생의 수준이 아니었다.

“뭐, 뭐야?! 저 비정상적인 마력은?!”

“말도 안 돼……?! 햇수나 재능으로 설명할 수 있는 마력이 아니야! 아무리 그래도 이건 이상해……!”

랜디와 세레피나조차 고든의 마력에 경악할 수밖에 없었다.

그리고 시노가 겨우 해방됐다.

버팀목을 잃고 쓰러지는 시노를 릭스가 받아서 두 팔로 안아 들었다.

“잠깐 기다려…….”

릭스는 축 늘어진 시노를 친구들에게로 데리고 갔다.

“싸, 싸울 거야……? 릭스.”

“그래, 시노를 봐줘.”

릭스는 시노를 랜디에게 넘겼다.

“기다려라! 지금 녀석은 뭔가 이상하다! 나도 가세하마!”

“나, 나도! 이딴 만행을 두고만 볼 순 없어! 방해만 될지 모르지만—."

"안 돼. 다르윈 선생님은 일대일이라고 말했어. 규칙이 그렇다면 제삼자의 개입을 허용할 리 없지."

릭스가 다르윈을 힐끔 보며 말했다.

"이건 나한테 맡겨."

그렇게 말을 남기고 다시 고든에게 향하는 릭스에게, 누가 말을 걸었다.

"그만둬……."

어느샌가 찾아온 알프레드였다.

"말했지? 「검사는 마술사에게 절대로 못 이긴다」…… 그건 엄연한 사실이야."

"……."

"더군다나 저 고든…… 어떻게 된 까닭인지, 어지간한 도사를 아득히 초월하는 마력을 갖췄어. 마술사도 아닌 네가 싸우면 무사히는 못 넘어가."

"응? 걱정해 주는 거야?"

"누, 누가 널 걱정해?! 너를 쓰러뜨리는 건 나야! 남한테 기회를 뺏기는 게 싫을 뿐이지!"

알프레드가 붉으락푸르락하는 얼굴로 고함쳤다.

"뭐, 지금 너는 저 고든이 얼마나 위험한지 이해조차 못 하겠지만."

"대충은 알아…… 감으로. 내 전사로서의 본능이, 솜털

하나하나까지 말해주고 있어…… 지금 저 녀석과 절대로 싸우지 말라고.”

“흥, 그걸 안다는 놈이 왜 싸워?”

그러자 릭스는 싱겁게 대답했다.

“예전에 속했던 곳의 방식이야. 동료는 지키겠다고 맹세했거든.”

“도, 동료……? 내……가……?”

그때, 바닥에 누운 시노가 중얼거리고 릭스를 올려다봤다.

하지만 릭스는 깨닫지 못했고, 그대로 고든에게로 향했다.

“자, 시작할까? 곤돌라.”

“고든이다. 헤헤헤, 죽여주마, 릭스.”

“확인해 두겠는데, 나는 마법을 못 쓰는 일반인이야. ……뽑아도 될까?”

릭스는 허리춤에 찬 검을 툭툭 찌르며 확인했다.

“그래, 마음대로 해. 그딴 몽둥이, 마법전에서는 아무짝에도 쓸모없지만 말이야.”

고든은 비릿하게 웃으며 동의했다.

“그나저나, 너는 나와 시노의 뜨겁고 가슴 뛰는 싸움에 찬물을 끼얹었어……. 그 대가를 치러야겠지?”

“대가? 어떻게 하면 돼?”

“뭐, 간단해. 그만한 가치가 있는 걸 이 전투에 걸라는 말이야. 그래, 만약 네가 지면 너도 자퇴—."

자퇴하라고 고든이 말하려던 그때.

말을 끊듯이 릭스가 잘라 말했다.

"알았어. 나는 목숨을, 이 싸움에 걸게."

담백하게, 그런 이상한 소리를.

"뭐……? 응……?"

"내가 지면 줄게, 이 목숨. 하지만 그 대신, 너도 걸어…… 네 목숨."

"이 자식이?! 무, 무슨 정신 나간 소리를……?!"

"정신이 나가? 원래 전투란 그런 거잖아? 마술사는 아니야?"

"세, 센 척하지 마……. 그런다고 내가 겁먹을 줄……?!"

고든이 릭스의 눈을 봤다.

그냥 평범했다. 광기에 찬 눈이니 나락 같은 눈이니, 그런 것도 아니다.

격정에 떠밀려 강하게 말한 것도, 허세도 아니다.

릭스는 평범하게, 그냥 똑바로, 고든을 쳐다보고 있었다.

평범한데, 두렵다.

"이 자식이…… 누굴 우습게 보고ㅇㅇㅇㅇㅇㅇㅇㅇㅇㅇ—?!"

그 순간, 마음에 불쑥 싹튼 어떤 감정을 부정하기 위해서 고든은 부르짖었다.

　그 양손에 흉악한 번개를 두르고―.

　릭스와 고든의 「사투」가 시작됐다.

　"죽어어어어어어어어어어어어어어어―!"

　고든이 양손을 내리쳤다.

　그러자 거기에 반응하여 릭스의 머리 위로 무수한 번개가 떨어졌다.

　격렬하게 번쩍이며 하얗게 물드는 시야. 귀를 찌르는 굉음.

　막대한 전류가 빗발치듯 릭스에게 쏟아진다―.

　―하지만.

　"흐읍……!"

　릭스가 고든을 향해 초고속으로 발을 내딛고 단숨에 질주했다.

　그리고 머리 위에서 떨어지는 번개를, 미세하게 좌우로 몸을 흔들며 모조리 빠져나갔다.

　최단 거리로 고든과의 간격을 없애 버렸다.

　"아닛―?!"

　경악으로 일그러진 고든의 얼굴.

그리고 그 목을 향해 릭스가 검을 뽑는다.

칼집을 미끄러져 폭발적으로 가속한 검이 한 줄기 빛을 그렸다.

너무나도 날카롭고, 너무나도 정확한 릭스의 검이 고든의 목을 친다─.

─하지만.

깡!

릭스의 검은 고든의 목에 부딪히고, 멈췄다. 칼날은 1밀리미터도 들어가지 않았다.

"……?!"

"헤, 헤헤헤…… 겁주긴……!"

놀라서 표정이 미세하게 흔들리는 릭스에게 살짝 핏기가 가신 고든이 입을 비죽거렸다.

고든이 다시 번개를 휘둘러 릭스는 거리를 두고자 뒤로 물러난다─.

그리고 이 공방을 본 세레피나가 속이 타는 것처럼 말했다.

"이거다! 평범한 인간이 마술사에게 절대로 이기지 못하는 이유…… 방어력이 너무 차이나……!"

"맞아, 그거야."

세레피나의 말에 알프레드가 안경을 올려 쓰며 맞장구쳤다.

“마술사의 기본 중의 기본……『신체 강화 마법』. 그게 일정 수준을 넘어서면 마력이 마술사의 육체를 견고하게 보호해 마력이 담기지 않은 물리 공격을 거의 차단해 버려. 사실상 마술사를 쓰러뜨릴 수단은 마법적인 공격밖에 없지. 게다가 마술사의 우위성은 그것만이 아니야.”

알프레드가 그렇게 말하려던 때.

“합, 합, 합, 합, 하압—!”

고든의 번개가 다시 사방팔방으로 난무했다.

하지만 역시나 경험 많은 용병답게 릭스는 번개의 궤도를 전부 파악해 일반인의 눈으로는 좇을 수 없는 속도로 반응했다.

뒤로 물러서고, 오른쪽으로 몸을 비틀고, 왼쪽으로 구르고, 도약하고.

번개를 계속해서 피해 낸다.

하지만— 착지한 순간을 노린 것처럼 번개 한 줄기가 릭스를 덮쳤다.

아니, 그건 노리고 쏜 것이 아니다. 처음부터 릭스가 그곳에 올 거라고 알고 있었던 것처럼 미리 공격한 것이다.

당연히, 번개는 직격했다.

“크으ㅇㅇㅇㅇㅇㅇㅇ?!”

전신으로 퍼지는 격통에 릭스의 표정이 일그러졌다.

"뭐, 뭐야, 지금 그건……?! 릭스의 행동을 완벽하게 파악했어?! 저렇게 빠르게 움직이는데……?!"

랜디가 믿을 수 없다는 양 눈을 크게 떴다.

"이게 평범한 인간에게 마술사가 갖는 우위성, 두 번째야."

알프레드가 말했다.

"잊었어? 마술사는 자기 스피어 영역 안에서 「전능」하다는 걸."

"앗! 서, 설마……."

"그래. 마술사는 자기 스피어 영역 안의 사상을 완전히 지각하고 파악할 수 있지. 릭스가 아무리 초인적인 속도로 움직이든 페인트를 걸든 상관없어. 마술사는 전부 꿰뚫어 봐. 어떻게 움직이는지 알면 대처할 방법은 얼마든지 있어."

그리고 그런 일행들 앞에서 고든이 말했다.

"그나저나 그놈의 다리, 성가시네……. 「좀 가만히 있어」."

그 선언이 나온 순간.

"……?!"

릭스의 움직임이, 속도가 현저히 둔해졌다.

거기에 고든의 번개가 연이어 날아들었다.

"저건 약체화^{디버프} 저주인가……?!"

"그래. 마술사 상대로는 쉽게 통하지 않고, 저주를 받아칠 위험성도 있어. 하지만 상대가 평범한 인간이라면 아무 걱정 없이 쓸 수 있지. 일반인이 마술사의 스피어 영역 안에서 싸운다는 건…… 이런 의미야."

알프레드는 콧방귀를 뀌며 말을 이었다.

"마술전의 본질은 서로의 스피어 영역 싸움이야. 어떻게 상대 스피어를 깎아내고 자기 스피어로 그곳을 제압하느냐로 집약돼. 하지만 평범한 인간은…… 검사는 그럴 수 없어. 검사는 마술사의 스피어 영역이라는 지옥 같은 사지에서 무방비하게 싸울 수밖에 없는 거야. 그러니까 우리 마술사의 세계에는 통설이 있어. 「검사는 마술사에게 절대로 못 이긴다」."

그런 알프레드의 해설에 랜디와 애니가 입을 다물었다.

그리고―.

'그래. 생각 이상으로 답도 없는 상황이군…….'

실제로 싸우는 릭스도 절실하게 느끼고 있었다.

불과 1분도 되지 않는 전투에서 릭스는 깨달았다.

이 싸움에서 자신은 만에 하나의 승산조차 없다고.

그리고 그런 릭스의 심정을 알아차렸는지 고든이 우쭐거리며 웃었다.

"깨달았냐? 너와 나의 격차를. 입학식 때 너한테 당한 건

단순한 우연이야. 우연히 방심해서 신체 강화와 스피어 전
개가 늦었을 뿐이지. 진심으로 싸우면 너 같은 쓰레기 잡것
한테 내가 당할 리가……."

캉!

정신을 차리자 릭스가 고든의 시야에서 사라져 등 뒤로
돌아와 있었다.
그리고 검을 고든의 등을 찌르고 있었다.
고든이 알 리 없지만, 그것은 단순한 속도가 아닌 탁월한
기술. 인간 의식의 허를 찌르는 암살검이었다.
「전능」으로 대비했는데, 속도를 약화했는데도 파악하지
못했다.
고든은 등줄기를 타고 희미한 오한이 올라왔다.
심지어 고든의 신체 강화 마법에 막혀 칼날 자체는 들어오
지 않았지만…… 릭스가 검을 세운 위치는, 정확하게 「심장」.
방금 노린 곳은 목, 이번에는 심장. 정말로 고든을 죽이
려는 행동이었다.
거기에서 어떤 망설임도 느끼지 못했다.
만약 신체 강화 마법이 없었다면, 만약 릭스의 검에 누군
가가 마력을 부여했다면 고든은 이미 두 번 죽었다ㅡ.
"이, 이 자식이이이이이이이ㅡ?!"

굴욕의 분노에 맡겨 고든이 번개를 퍼뜨렸다.

공간이 진동하는 듯한 굉음. 시야를 가득 채운 빛의 난무.

이번에는 피할 수 없다.

"크헉?!"

번개가 직격으로 꽂히며 릭스가 날아갔다.

그게 결정타였다.

일반인 릭스가 고든을 상대로 선전한 것은, 여기까지다.

"날 갖고 놀려고 해애애애애애?! 이 세상에 태어난 걸 후회하게 해주마아아아아아아아아—!"

고든은 번개뿐 아니라 폭발, 얼음 폭풍, 바람 칼날— 온갖 공격 마법으로 릭스를 몰아쳤다.

그것은 방금 고든과 시노가 벌인 시합이라는 이름의 고문과 다를 바 없었다.

릭스가 망가져 간다.

불타고, 그을리고, 찢기고, 부딪치고, 갈린다.

너무나도 처참한 광경에 그곳에 있는 누구도 말을 잇지 못했다.

————.

'아…… 이 느낌…… 죽었네…….'

전신을 덮치는 막대한 마법의 폭력과 격통 속에서 릭스

는 멍하게 생각했다.

지금 자신이 한없이 죽음에 가까워졌다는 사실을 알았다.

어릴 적부터 익숙해진 죽음의 감각이, 바로 코앞까지 와 있었다.

'아아…… 이러고 있으니까 생각나네……. 그 무렵…… 엔드야드 숲이…….'

번개가 릭스를 관통하고 관통하고 또 관통한다.

'들려…… 그 그리운 노래가…….'

폭발이 릭스를 태우고 태우고 또 태운다.

'위험해…… 또, 보일 거야……. 보이고 말 거야…… **칼끝에 그 빛이**…….'

바람 칼날이 릭스를 난자한다.

허공에서 핏방울들이 꽃을 피운다.

'더는…… **이런 빛**…… 두 번 다시 보고 싶지…… 않았는데……. 그래도…….'

그래도 살고 싶었다, 릭스는.

인간으로서 살고 싶었다.

하지만— **그 빛**을 보면 분명 릭스는 인간에서 멀어진다.

인간으로서 살고 싶은데, 살려고 하면 인간에서 멀어지는 자기모순.

"릭스! 젠장! 정신차려, 릭스으으으으으!"

“멈춰! 부탁이니까 제발 멈춰어어어어!”

“릭스! 그대는 할 만큼 했다! 이제 됐으니까 나한테 맡겨라! 그러니까—.”

친구들의 목소리가 멀리서 들린다.

사실 살아 있을 자격이라곤 눈곱만큼도 없는 자신에겐 아까울 정도로 좋은 친구들이다.

그들과 만난 것만으로 이 학원에 온 의미와 보람이 있었다고 생각한다.

‘싸움과는 인연이 없는 세계에서 행복한 인생을 산다…….
나는 애당초 그럴 깜냥이 아니라는 거 뻔히 알지만…… 조금만 더 같이 있고 싶어……. 그러니까…….’

그러니까.

릭스는 아주 조금만 인간을 포기하기로 했다.

———.

“그나저나 너…… 용케 그 상태로 안 넘어진다?”

고든이 빈정대는 목소리가 울려 퍼졌다.

일단 공격을 멈춘 고든 앞에는 거의 죽기 직전인 릭스가 서 있었다.

상태는 몹시 심각했다. 아직 살아 있는 게 신기할 정도다.

그 지경이 되어서도 양손으로 쥔 검을 바닥에 꽂아 몸을 지탱하고 있었다.

"그래서? 어때? 이해했어? 너와 내 격차를. 바닥에 엎드려서 평생 내 노예가 되겠다고 맹세하면 용서해 줄 용의도 있어. 어때?"

고든이 묻는데…….

"……가…… 나……."

"응?"

몽롱한 의식 속에서 릭스가 뭐라고 중얼대는 소리가 들렸다.

"엉? 이 자식이…… 또 뭐라고 지껄이는 거야……?"

"……「붉은 열매가 하나」……."

고든이 귀를 기울여 보자.

"……「둥근 열매가 둘」……."

릭스의 입에서 흘러나온 것은, 시였다.

"……「작은 열매가 셋」……."

마치 어머니가 갓난아이를 재울 때 부르는 동요 같은.

어디에나 있을 법한, 아무것도 아닌 시.

하지만— 왜일까?

"으, 아…… 아, 아아아아아아아아아아아……?!"

그 시를 들은 순간, 고든의 전신에 오싹한 전율이 일었다.

뛰어난 마술사의 감각이, 전능한 스피어가 순간적으로 이해했다.

지금 당장 릭스를 죽여야 한다.

죽이지 않으면— 자신이 죽는다.

'뭐……? 주, 죽여……? 내, 내가 사람을 죽……여……?'

하지만 그것은 고든이 짊어지기에는 너무 무거운 십자가였다. 그래서 한순간 망설였다.

지금까지 고든이 시도 때도 없이 죽인다고 떠벌리긴 했어도 그건 어차피 말뿐이었다.

정말로 사람을 죽였다가는 학원에 있을 수 없고, 귀족으로서도 큰 문제가 된다.

지금까지 폭력과 함께 살아왔지만, 끽해야 「반죽음」까지였다.

그래서 망설였다. 당연하다.

그리고 그 한순간의 망설임이— 치명적이었다.

"……「우리가 사랑한, 엔드야드 숲에서」……."

그때, 거의 죽어 가던 릭스가 땅에 꽂았던 검을 뽑고……
천천히 들어 올렸다. 흡사 인형이나 기계 같은 동작이었다.

왠지 그 모습이, 존재가 그저 무섭다. 무섭다. 무섭다.

"우, 아, 으아아아아아아아아아아아아아아아아아아아
아아아아아아아아아아아아아아아아아아아아아아아아—?!"

그런 릭스를 없애 버리려고 고든이 양손으로 지금까지
본 것 중 가장 강력한 번개를 만들어내 모으지만— 이미,
모든 것이 늦었다.

"……「새끼 여우, 울었다」."

그 순간, 릭스가 고든의 시야에서 사라졌다.

다만 그 칼끝에…… 「빛」이 보인, 기분이 들었다.

————.

"지, 지금…… 무슨 일이 벌어졌지……?"

릭스와 고든의 싸움을 지켜보던 모든 학생은 어안이 벙
벙했다.

지금 일동 앞에는 검을 휘두른 자세의 릭스와 어두커니
선 고든이 서로 등을 돌리고 있었다.

그 순간은 누구에게도 제대로 보이지 않았다.

다만, 찰나의 순간, 「빛」이 보인…… 기분이 들었다.

"너, 너…… 지금…… 뭘 했지……?"

고든이 떨면서 릭스를 돌아보려는데…… 입에서 대량의 피가 터져 나왔다.

"크하아아아아아아아아아아아아아아악—?!"

자세히 보니 고든의 몸이 왼쪽 어깨부터 오른쪽 허리까지 깨끗하게 베였다.

있을 수 없는 광경이었다. 고든의 신체 강화 마법과 강고한 스피어의 방어가 일반인의 평범한 검에 돌파당한 것이다.

"크아아아아아아아아?! 아파?! 아파아아아아아아아아?! 이, 이거, 현실이야?! 누, 누가 좀 살려줘어어어어어어어—?!"

가까스로 치명상은 되지 않아 고든이 울부짖으며 땅바닥을 데굴데굴 굴렀다.

완전히 집중과 정신이 흐트러졌다. 이렇게 되면 스피어도 신체 강화도 유지할 수 없다.

지금 고든은 무력하고 평범한 인간이다.

그리고 그 말도 안 되는 광경 앞에서 아무도 움직이지 못했다.

단 한 명만 빼고.

"……."

릭스였다.

릭스가 구르는 고든 옆에 말없이 섰다.

그 눈에 무한한 허무를 띤 채ㅡ.

"히익?!"

그런 릭스를 보고 고든이 겁먹었다.

"아, 알았어! 알았다고! 내, 내가 졌어! 이제 시노한테 손 안 댈게! 너한테도 엎드려서 사과할게! 그, 그러니까, 더는……?!"

끝까지 듣지 않고 릭스가 말없이 검을 들었다.

머리 위에서 검을 빙글 돌려 역수로 잡았다. 칼끝이 향한 곳에는 고든의 머리가 있다.

그것을 본 고든이 더욱 겁에 질렸다.

"이, 이봐…… 너, 장난이지…… 장난이지……?! 이 싸움에 서로 목숨을 건다는 거…… 그거, 농담이지?! 어?!"

고든이 릭스의 눈을 봤다.

고든을 내려다보는 릭스의 눈에는 아무런 감정도 광채도 없었다. 무한한 허무였다.

마치 미리 정해진 행동을 하는 기계인형이었다.

릭스가 지금부터 뭘 할지…… 불을 보듯 뻔했다.

"아, 안 돼애애애애애애애애애ㅡ?! 엄마아아아아아아아아?!"

반 광란 상태로 울부짖는 고든의 머리로, 릭스는 섬광처럼 검을 내리꽂았다.

그 순간, 처참한 광경을 예감한 이들이 무심결에 눈을 가리지만……

푹!

릭스의 검이 꽂힌 곳은 고든의 머리 바로 옆, 땅바닥이었다.

"농담이랍니다~!"

릭스가 까불대는 목소리가 투기장 안에 울려 퍼졌다.

"진짜 할 리가 없잖아, 고작 수업 중에 하는 시합에서. 설마 믿었어? 그러니까, 그 뭐냐, 손을 놔주면 안 될까? 시노."

돌아보니 시노가 릭스의 등 뒤에서 팔을 둘러 릭스에게 매달려 있었다.

마치 먼 곳으로 떠나려는 릭스를 필사적으로 붙잡는 것처럼.

평소대로 까불거리는 릭스를 확인한 시노는 나지막이, 정말로 나지막이 안도의 숨을 내쉬고 릭스에게서 떨어졌다.

"흥……."

그리고 콧방귀를 뀌며 고개를 돌려 버렸다.

그런 시노를 곁눈질하고 릭스는 고든을 놀려 댔다.

"혹시 겁먹었어? 겁먹었어? 응?"

반응은 없었다.

고든은 눈이 뒤집힌 채 거품을 물고 대 자로 뻗어 있었다. 기절한 것이다.

"얼레, 장난이 심했나……? 미안."

조금 지나쳤나 싶어서 릭스가 겸연쩍게 볼을 긁적였다.

“휴…… 뭐야, 장난이었잖아……. 한순간 진심인 줄 알았네…….”

“사, 사람 놀라게 하기는…….”

“다행이다…….”

마른침을 삼키고 지켜보던 랜디, 세레피나, 애니가 마침내 가슴을 쓸어내렸다.

다른 학생들도 점차 긴장을 풀었다.

“그나저나…… 왜 갑자기 릭스의 공격이 고든에게 먹힌 거지?”

“글쎄. 아마 시합 중에 집중이 끊겨서 신체 강화에 빈틈이 생겼나 보지. 그것 말고는 생각할 수가 없다.”

“흥, 상대가 얼빠진 녀석이라서 살았을 뿐인가. 악운 하나는 강하군.”

랜디의 의문에 세레피나, 알프레드가 그렇게 결론을 내렸다.

릭스의 기적 같은 역전승의 이유는 그것이 학생들의 공통 견해가 된 모양이었다.

그런 대화를 들으며 릭스는 자신에게 등을 돌리고 있는 시노에게 말을 걸었다.

“그건 그렇고…… 네가 나한테 매달리면서까지 말릴 줄은 몰랐어……. 뭐야? 내가 그렇게 위험한 인간으로 보였어? 살짝 충격인데.”

“딱히…….”

시노가 릭스를 두고 힘없이 떠나려고 했다.

하지만 몸이 전혀 회복되지 않아 그대로 풀썩 쓰러져 버렸다.

“헉?! 시노?! 괜찮아?!”

릭스가 쓰러진 시노에게 달려가려고 하지만…….

“어? 와아, 이거…… 나도 못 버티겠네…….”

릭스도 그 자리에 털썩 쓰러져 버리고 말았다.

“으, 으아아아아아아아아아?! 릭스으으으으으?!”

“애니! 치료해라! 릭스를 치료해!”

“으, 응!”

학생들은 바로 소란을 피우지만…….

“어이. 네놈들…… 수업 중이다. 빨리 시합을 진행해라, 굼벵이들.”

“네에에에에에에?! 이 상황에서요?!”

“이 학원 선생님들은 대체 어떻게 된 거야!”

그저 한결같은 다르윈 때문에 학생들은 머리를 쥐어뜯을 수밖에 없었다ㅡ.

제7장 두 닮은꼴

그곳은 학원 교사에 있는 의무실.

흰 침대가 늘어섰고, 외부로 난 큰 아치형 격자 창문으로는 산과 숲으로 둘러싸인 호수 풍경이 보였다.

벽에 있는 약품 진열대에는 다양한 의료용 마법약 같은 것이 보관되어 있었다.

그런 의무실 안, 이웃한 두 침대 위에.

"……."

"……."

릭스와 시노가 누워 있었다.

두 사람의 부상은 학원 법의사 루시아 힐리어스의 치유 마법과 비약으로 흉터도 없이 말끔히 치료되었다.

다만, 체력만은 자연 회복에 맡기는 편이 낫다고 하여 잠시 의무실에서 안정을 취하게 됐다.

지금 이 의무실에는 두 사람밖에 없었다.

물론 고든도 있었지만, 그는 치료가 끝나자마자 왠지 루시아와 다르원에게 어딘가로 끌려갔다.

그때는 아직 의식이 몽롱해서 경위나 자세한 사정은 알

수 없었다. 관심도 없다.

"그런데 루시아 선생님 대단하지 않아? 그 정도 부상이면 평생 침대 신세 질 줄 알았는데……. 게다가 몸매도 좋고 얼굴도 엄청 미인이고."

침묵이 어색해서 팔로 머리를 벤 릭스가 옆자리의 시노에게 별생각 없이 말을 걸었다.

솔직히 반응은 그다지 기대하지 않았지만…….

"흐응……? 너는 그런 연상 여자가 취향이야?"

의외로 시노가 천장을 멍하게 보면서 대답했다.

"물론. 전 세계 사춘기 남자는 전부 성숙한 누나를 좋아해."

"그래? 소름……."

대화가 성립해도 시노의 신랄한 반응은 여전했다.

하지만 지금까지와 달리 어딘지 모르게 토라진 느낌이 드는 것은 착각일까.

갑자기 시노가 느릿하게 상반신을 일으켜 릭스에게 말을 걸었다.

"……네 본질이 보였어."

"뭐야? 뜬금없이."

갑자기 이상한 화제로 바뀌어 릭스가 당황하지만, 시노는 개의치 않고 말했다.

"너는…… 필사적으로 「인간」인 척하려는 「인형」이야."

"……!"

　한순간 릭스는 말문이 막혔지만, 이내 장난스럽게 대답했다.

“하하하…… 뭐래. 무슨 근거로?”

“감. 의외로 잘 맞아.”

“아쉽지만 틀렸어. 사춘기냐! 아, 그나저나 배고프네…….”

릭스가 단호하게 화제를 돌리려고 하지만…….

“만약 그때.”

시노는 계속해서 물고 늘어졌다.

“너와 고든이 싸우던 그때. 그 마지막 순간. 내가 막지 않았으면…… 네 검은 정말로 멈췄어?”

“…….”

그 순간, 릭스의 말문이 완전히 막혀 버렸다.

“옛날에…… 여러 일이 있었어. 여러 일이.”

곧 체념했는지, 릭스가 한숨 섞으며 중얼거렸다.

“애들한테 말하지 마라? 내가 진짜 위험하고 정신 나간 사이코라고.”

“안 해. 관심도 없어. 그냥 신기했을 뿐이야.”

“뭐가?”

“분명히 말해서 너는 양지에서 살아갈 수 없는 인간이야. 피로 얼룩진 음지에서 어둠보다 어둡게 빛나는 존재. 그 피와 죽음과 전투의 굴레에서 절대로 벗어날 수 없어. ……너도 사실은 알 거야.”

“…….”

“그런데…… 너는 노력해. 이 양지에서 살아갈 곳을 만들려고 필사적으로. 아마 헛수고라고 어렴풋이 알고 있을 텐데 너는 필사적으로 인간인 척하면서 노력해. 최근 한 달 동안 너를 보면서…… 알았어.”

“뭐? 그렇게 나를 쭉 지켜봤었어? 서, 설마, 반했어?!”

“바보. 죽어.”

지금까지 시노가 보여 준 얼음칼 같은 말 중에서도 최고 수준으로 날카로웠다.

너무 날카로워서 신음하는 릭스에게 시노는 뒷말을 이었다.

“그런데 왜 너는 그런 쓸모없는 노력을 해? 그게 무슨 의미가 있어?”

그러자 릭스는 머리 뒤로 팔짱을 끼고 천장을 올려다보며 아무렇지 않게 말했다.

“음—? 쓸모없으면 노력하면 안 돼? 꼭 의미가 있어야 해?”

“……!”

이번에는 시노가 말문이 막혔다.

그런 시노에게 릭스가 히죽 웃으면 말했다.

“나는 행복해지고 싶어. 마술사가 되어서 피비린내 나는 싸움과는 인연이 없는 직업을 얻고, 평화롭고 즐겁게 살다가 마지막에는 손자들에게 둘러싸인 침대에서 죽는 거야.”

“……..”

“지금 내가 이렇게 이 세계에, 이곳에 존재하는 게 기적이야. 그러니까 그 기적에 편승해서 최대한 욕심을 부린다고 문제 될 거 있어? 안 되면 안 되는 대로…… 그때 다시 생각하면 되지.”

“……..”

“그리고…… 어쩌면 정말로 기적도 일어날지도 모르잖아? 그 왜, 옛날이야기에도 자주 나오잖아. 인형이 여자아이의 키스로 진짜 인간이 된다거나 하는 스토리. 열심히 살다 보면 그런 인생 역전의 기회가 한 번쯤 있을지도 모르지.”

시노는 반응이 전혀 없었다.

기묘한 침묵이 잠시 두 사람 사이를 지배했다.

으음, 좀 유치했나……? 릭스가 창피하게 생각하며 머뭇머뭇 시선을 틀어 시노의 옆얼굴을 봤다.

툭, 뚝, 뚝…… 물방울이 모포에 떨어지는 소리.

“으……..”

왠지 시노가 조용히 눈물을 흘리고 있었다.

“엥? 시, 시노…… 왜 그래?! 내가 하면 안 될 소리라도 했어?!”

그런 릭스의 질문에는 답하지 않고 시노가 일방적으로 물었다.

“있지…… 하나 물어도 돼? 만약…… 만약에 말이야…….

어디까지나, 만약인데……."

"그, 그래……."

"만약 이 세계에 존재할 자격이 없는 사람이 있다면…… 행복해질 자격도 없는 죄인이 있다면……."

"잘은 몰라도 아마 그거 네 얘기지?"

"분위기 파악 좀 해, 바보야!"

"미안~?!"

시노가 우는 얼굴로 바락 고함치자 릭스는 위축되어 버렸다.

"그런 인간이라도…… 행복해져도 돼? 행복을 바라도 돼?"

눈물을 벅벅 닦는 시노에게 릭스가 싱겁게 대답했다.

"당연히 되지."

"……."

"그야 반드시 죽어야 할 인간도 있지만…… 그래도 행복을 바라거나, 행복해지려고 노력하는 것 자체는 개인의 자유잖아? 만약 정말로 그게 허용되지 않는다면 언젠가 이 세계가 정당한 이유와 정의로 그 행복을 막을 거야. 나도 비슷해. 그러니까…… 나도 각오는 하고 있어."

"그래도…… 그럼 그건, 역시 무의미한 짓 아니야……?"

"그럴지도. 그래도 그때까지 즐거우면 그걸로 됐어. 인생은 기적이야. 가능한 한 아슬아슬한 순간까지 즐기지 않으면 손해잖아?"

그러자 시노는 잠시 침묵을 유지하다가, 곧 미세하게 어깨를 떨었다.

"훗…… 후후후…… 아하하……."

울다가 웃기 시작한 것이었다.

지금까지 본, 가면처럼 무감정한 시노에게서는 상상도 하지 못할 모습이었다.

"어?"

"후훗…… 그게 뭐야? 아아, 웃겨. 바보 같아. 역시…… 너, 「그 남자」랑 닮았어……."

"「그 남자」? ……옛날 남자 친구?"

"누가?! 나는 처녀야아아아?!"

"시, 시노 양~? 그, 지금 무슨 말씀을 하시는 거죠?"

"헉─?! 너, 너, 무슨 말을 시키는 거야?! 바보야아아아아─!"

"이게 나 때문이야?!"

시노가 힘껏 던진 베개가 릭스의 안면을 강타했다.

그때였다.

"야, 릭스~. 살아 있냐~?"

의무실 문이 열리고 신품 로브가 걸레짝이 된 랜디, 애니, 세레피나가 들어왔다.

"나 참…… 다르윈 선생님은 정말 역대 최악이었어……!
졸업하기 전에 반드시 한 대 패고 만다……!"

"좋지, 나도 거들마! 그 극악무도한 사내에게 정의의 철
퇴를……!"

랜디와 세레피나는 정말로 머리끝까지 화가 난 모양이었다.

"……무슨 일 있었어?"

"아하하…… 다르윈 선생님이 4승을 해서 금방 빠질 것
같은 학생들에게 닥치는 대로 싸움을 거셨어……."

"뭐어?! 그걸 누가 이겨?!"

"응. 그래서 다들 기절해서…… 한 명도 못 빠져나갔어."

"우와아—."

「내가 참전하지 않는다는 말은 한마디도 하지 않았다만?」
이라고 뻔뻔하게 말하는 다르윈의 모습이 눈앞에 보이는
것만 같았다…….

"그래서 선생님이 결국 「전부 자격 미달이군」이라면서 우
리를 혼내고…… 선생님 vs 학생 전원으로 마법전이 벌어
졌어. 물론 우리가 일방적으로 깨졌고."

"어른이 돼서 창피하지도 않나, 그 망할 인간!"

"으으, 정말 화가 치밀어어어어어!"

랜디와 세레피나는 분노와 흥분이 가라앉지 않는 모양이
었다.

"그보다 우리, 그거랑 싸우고 용케 살아 있네……."

"며, 몇 번이나 강 너머에서 돌아가신 할아버지가 돌려보내셨는지……!"

분개하는가 싶더니 이번에는 둘 다 안색이 새파래져서 부들부들 떨었다.

아무래도 강한 트라우마가 됐나 보다.

"그래도…… 릭스가 무사해서 다행이야…… 시노도."

"아, 미안. 걱정 끼쳐서."

"……."

릭스가 어색하게 볼을 붉적이고, 시노는 말없이 눈을 내리깔았다.

그러자 애니가 릭스의 손을 잡고 애원하듯 말했다.

"어?"

"릭스와 고든의 시합에서, 마지막 순간에…… 왠지…… 릭스가 멀리 가 버리는 줄 알았어……."

애니는 애니대로 릭스에게서 어떤 불안을 느꼈나 보다.

릭스의 손을 잡은 채 똑바로 눈을 바라봤다.

"앞으로 다시는, 그런 무서운 짓은 하지 말아줘. 약속해."

"그래…… 약속할게. 정말 미안."

릭스가 그런 애니를 마주 보면서 조용히 고개를 끄덕였다.

그렇게 두 사람이 서로를 마주 보는데…….

"그러고 보니…… 릭스의 여자 취향은 어른스러운 연상 여성이래."

왠지 시노가 차가운 말을 툭 던지고 고개를 획 돌리더니 모포를 뒤집어썼다.

"시노, 왜 하필 이 타이밍에 그런 횡포를?"

"흥……."

"뭐?! 그, 그랬어? 릭스, 연상이 좋아……?"

"너는 왜 또 동참해? 애니."

영문을 알 수 없어서 릭스가 입가를 실룩거리는데 랜디와 세레피나가 바싹 다가왔다.

"에잇! 이 울분은 놀면서 풀 수밖에 없어! 야, 릭스! 이번 주말에 다 같이 캠벨 스트리트에 나가서 호화롭게 놀아보자!"

"옳다! 신경이 곤두선 우리에게 필요한 것은 그걸 덮어쓸 만큼의 오락이다!"

릭스는 그런 친구들을 돌아보며 쓸쓸하게 웃었다.

　　——.

그리고— 다음 날 방과 후, 스톤 서클 마법 의식장.

평소대로 안나 강사의 감독 아래, 릭스와 시노가 스피어 개방에 도전하고 있었다.

"어, 어라……? 시노 양, 지금 그건……."

"……!"

지금까지 한 고생은 뭐였나 싶을 만큼 허무하게 시노의 스피어가 열려 있었다.

정작 시노 본인도 놀란 얼굴로 자기 주변 반경 5미터로 펼쳐진 스피어를 보고 있었다.

"축하해요! 시노 양! 아아, 다행이다! 시노 양이 스피어를 열어서 정말 다행이에요!"

안나 강사는 손뼉을 치며 크게 기뻐했다.

"드디어 성공했어?! 축하해, 시노!"

릭스도 멍하게 선 시노의 손을 잡고 마치 자기 일처럼 기뻐했다.

"그런데…… 왜 갑자기 스피어가 열린 거야?"

"……글쎄?"

두 사람이 고개를 갸웃거리는데 안나 강사가 싱글싱글 웃으며 답했다.

"사실 스피어 개방에는 자신의 심경, 내면…… 요컨대 정신적 요인도 크게 작용해요. 시노 양, 최근 뭔가 큰 심경의 변화라도 겪지 않았나요?"

안나 강사의 그 질문에 시노는 릭스를 힐끔 보더니, 눈을 휙 돌리고 들릴락 말락 중얼거렸다.

"글쎄요? 전혀, 짐작이 안 가네요."

"그래……? 으음, 나도 참고하고 싶었는데…….."

릭스가 아쉬워하며 머리를 긁었다.

"그래도 정말 축하해, 시노! 이제 퇴학하지 않아도 돼!"

"흐, 흥! 너는 내 걱정을 할 처지가 아니잖아?!"

그러고는 얼굴을 어렴풋이 붉힌 시노가 안나 강사에게 말했다.

"선생님, 지금까지 이 모자란 제자를 포기하지 않고 지도 편달해 주셔서 감사합니다. 그리고 염치는 없지만…… 앞으로도 이 바보를 잘 부탁드릴게요. 제발 포기하지 말아 주세요."

"뭐?"

시노의 생각지도 못한 발언에 릭스는 얼떨떨하게 그녀를 바라봤다.

"응……? 앗, 네! 그랬죠, 아직 릭스 군이 남아 있었죠……. 기뻐하기에는 일렀네요, 아하하……."

안나 강사는 무안하게 웃었다.

시노는 그런 안나 강사에게 인사하고 발길을 돌려 마법 의식장에서 떠나갔다.

그 도중 릭스를 지나치며 이렇게 중얼거렸다.

"……분발해."

"……!"

시노의 말에 릭스는 올라가는 입꼬리를 참을 수 없었다.

'시노도 저렇게 말하니까 한번 힘 좀 써 볼까!'

마음속으로 다시금 결의를 다진 릭스는 손에 든 「우자의 영약」을 호쾌하게 원샷했다.

제8장 캠벨 스트리트의 이변

“실례합니다…….”

그날, 다르윈이 학원장실 문을 두드리고 들어가자 그곳에는—.

“그래! 기다렸다, 다르윈 군!”

학원장 제이크와.

“먼저 한잔했어~.”

『신체 강화 마법』담당 도사, 크로포드가 있었다.

두 사람 모두 고급스러운 소형 유리 테이블을 끼고 소파에 앉아서 유난히 비싸 보이는 와인을 마시고 있었다.

“온 김에 한잔할래?”

“됐다. 나는 술을 안 마셔.”

“여전히 넌 고지식하구나. 하아…… 귀찮아…….”

크로포드는 다르윈에게 내민 잔을 맥없이 되돌렸다.

“그나저나 들었어, 다르윈. 너, 또 첫 수업부터 일냈지?”

“흥…… 이번 기회에 조금이라도 마법에 대한 안일한 생각과 환상을 버리고 공포와 위험성을 인식하면 좋겠군. 평화에 찌든 꽃밭 같은 뇌에는 좋은 약이다.”

"극약 처방이지만."

"하지만 이르든 늦든 그 극약이 필요한 것은 사실이지! 매년 미움받는 역할을 맡아줘 고맙다!"

"그래도 꼭 그런 방식으로 해야 해? 적어도 그 투기장 전체에 치명상은 확실하게 막는 결계를 네가 미리 쳤다고 말해 두거나……."

"순해 빠졌군. 「죽음」과 「공포」를 피부로 느끼지 않으면 그 수업에 의미 따위 없다."

"에휴…… 누가 말려. 그래서 학생들이 널 싫어하는 거야."

졸업생 중에 너를 진심으로 싫어하는 사람은 거의 없지만……이라는 말은 와인과 함께 삼켰다.

하지만 다르윈은 신경도 쓰지 않고 화제를 바꿨다.

"본론으로 들어가지."

"후…… 그 이야기, 진짜 할 거야? 귀찮네……."

"그럼 거두절미하고 묻겠다! 결과는 어땠나?!"

"예상대로 「유죄」입니다."

제이크 학원장이 묻자 다르윈은 품에서 무언가를 꺼내 유리 테이블 위에 놓았다.

그것은— 새끼손가락 끄트머리만 한 뼛조각이었다.

표면에 기이한 검은 문자가 세밀하게 적혔고 보기만 해도 기분이 나빠졌다.

"루시아 강사와 함께 고든 학사생의 신체를 철저하게 조사했습니다. 그랬더니 역시 적출되더군요— 이「마왕 유물」이.”

“역시 그랬나…….”

“쳇, 귀찮게…….”

제이크 학원장이 목소리 톤을 낮추고 진지하게 고개를 끄덕였고, 크로포드는 혀를 찼다.

“《땅거미의 마왕》— 지금으로부터 2천 년 전인 신화시대, 이 세계를 공포와 절망의 구렁텅이로 떨어트린 사상 최강, 최악의 마술사. 모든 것을 파괴하고 온갖 생명을 먹어 치웠다는 폭거와 폭식의 마왕. 그 마왕의 유해 일부—「마왕 유물」은 소지자에게 《땅거미의 마왕》이 지녔던 가공할 마력과 심연의 지식을 부여한다……. 물론…… 이건 3등 유물이지만 말입니다.”

“그렇겠지. 2등 이상이면 지금쯤 학원이 날아갔을 테니까.”

“그래.”

머리를 긁적이는 크로포드에게 맞장구치며 제이크 학원장이 고개를 끄덕였다.

“하지만 그걸 소지했다는 사실은 틀림없습니다. 고든 학사생은 《기도파》입니다.”

다르윈가 단정했다. 제이크 학원장과 크로포드의 얼굴에 긴장감이 퍼졌다.

《기도파》— 그것은 이 학원의 가장 어두운 부분이다.

과거 《땅거미의 마왕》가 사용했다는 정체를 알 수 없는 마법—『기도 마법』.

그것이 바로 《땅거미의 마왕》이 인류 사상 비견할 자가 없는 최강의 마술사인 이유다.

오랜 세월 그 마법의 정체는 베일에 싸여 있었지만, 근년 《땅거미의 마왕》의 유해—「마왕 유물」이 발굴되면서 상황이 변했다.

「마왕 유물」에서 얻은 마력과 지식으로 위대한 『기도 마법』을 부활시켜 연마하겠다는 학벌이 에스토리아 마법 학원에서 결성됐다.

그것이—《기도파》.

한때는 마법계의 신시대를 열 최신예 주류 파벌로서 에스토리아 마법 학원에서 큰 지지를 얻었지만……『기도 마법』에 깊이 파고들면 예외 없이 정신이 잠식되어 서서히 이성을 잃으며, 파괴적, 파멸적 사고방식으로 변해「사람」으로 있을 수 없게 된다는 사실이 판명됐다.

당연히 그런 위험한 학벌은 이미 금지, 해체되었고 현존하는 「마왕 유물」 대부분은 회수하여 봉인됐다.

하지만— 지금도 에스토리아 마법 학원의 이면에는 그 뿌리가 깊이 박혀 있다.

소수에 불과하지만, 같은 뜻을 지닌 자들끼리 어둠 속에 숨죽이고 작당하는 《기도파》. 그들은 이곳 에스토리아 마법 학원에 분명히 존재한다.

"물론…… 고든 학사생은 누군가의 꼭두각시에 불과하지만요. 그 굼벵이의 기억을 마법으로 뒤져 봤지만, 최근 누군가에게 「마왕 유물」을 받아 그 힘에 취해 있었을 뿐입니다. 기도 마법의 「기」 자도 모르더군요."

"으응? 완전한 비밀주의인 녀석들치고는 제법 대담하게 나왔네?"

"그래, 별일이군! 그럴 이유가 있는 일이 배후에서 벌어졌는지도 모르겠어!"

"그래서? 고든 군에게 「마왕 유물」을 넘긴 자는 누구야? 목적은 뭐고?"

"그 부분은 특별히 완벽하게 기억을 지워 놨다. 아마 고든 학사생에게 접촉한 《기도파》의 소행이겠지."

"아쉽군! 하지만 《기도파》가 쉽게 꼬리를 드러내지 않는 건 늘 있던 일이지! 예를 들면 너희도 그 「더드릭 참극」은 생생하게 기억하지 않나?!"

제이크 학원장의 말에 다르윈과 크로포드가 입을 다물었다.

"최근 《기도파》의 활동이 활발해! 저번 신입생이 탔던 에스토리아행 정기선을 습격한 부자연스러운 해마도 배후에 《기도파》가 있었다고 보고 있다! 그리고 너희도 반드시 신변에 주의해! 《기도파》의 진정한 무서움은 그 막대한 마력의 힘이 아니야! 대체 누가 《기도파》인지 전혀 알 수 없다는 점이지!"

　그렇게 말하고 제이크 학원장은 일어나서 창가로 가 바깥 풍경을 바라봤다.

　"놈들은 극단적인 비밀주의 체제를 고수한다! 학원 내 관계자…… 도사, 학생, 직원…… 누가 《기도파》라도 이상하지 않아! 신입생조차 예외는 아니지! 그리고 멤버가 전원 「마왕 유물」을 가진 이상, 마술사 경력은 전혀 의미가 없어! 너희 정도 되는 마술사라도 방심하면 순식간에 잡아먹힐지 몰라!"

　"네, 알아요. 귀찮지만."

　"……."

　"지금 내가 확실하게 《기도파》가 아니라고 신뢰하는 사람은 적다! 그 대표가 너희 두 명이지! 절대 놈들에게 허를 찔리지 않게 조심해! 그리고 앞으로도 잘 부탁한다! 《기도파》를 완전히 박멸할 그날까지!"

　이리하여 제이크, 크로포드, 다르윈의 비밀스러운 회합이 막을 내렸다.

　그리고― 도사 기숙사로 돌아가는 길.

　"그러고 보니 다르윈, 귀찮지만 하나 물어봐도 돼?"

　"뭐지?"

　"들은 이야기로는…… 네 수업에서 「마왕 유물」로 강화된 고든 군을 릭스 군이 검으로 벴다고 하던데, 사실이야?"

"사실이다."

다르윈이 경멸하듯 콧방귀를 뀌었다.

"아마 방심해서 생긴 스피어와 신체 강화의 틈을 찔렸겠지. 미숙한 놈. ……그런데 그건 왜 묻지?"

그러자 크로포드가 걸으면서 담배를 피우고 그 더벅머리를 긁적였다.

"아, 뭐라고 설명하지……. 조금 다른 이야기지만……《땅거미의 마왕》은 인류사에서 비견할 자가 없는 사상 최강의 마술사였어. 그렇지?"

"……그렇다만?"

"현대 마술사와는 차원이 다른 신화시대 마술사들이 그《땅거미의 마왕》을 해치우려고 수천 명이나 도전했고……죄다 패배해서 허무하게 잡아먹혔어."

"그렇게 전해지지."

"하지만 결국 《땅거미의 마왕》은 타도됐어. ……어떤 인물의 손에."

"……."

"그 마왕을 타도한 인물이란, 놀랍게도……「검사」. 실력 있는 마술사 수천 명을 해치운 최강의 마왕이 마지막에는 마술사도 뭣도 아닌 평범한 인간의 「검」에 쓰러졌다고 하잖아? 거짓말 같지……."

"결국 무슨 말이 하고 싶은 거냐?"

"아니, 그냥…… 좀 궁금해서…… 그 소문 자자한 릭스 군."

크로포드는 그렇게 중얼거리며 하늘을 향해 연기를 뿜어
냈다.

──────.

에스토리아 마법 학원이 위치한 공도 에스톨하임 서구.

그곳의 3번가─ 통칭 캠벨 스트리트.

그곳은 흔히 학생가라고 불리며 마법 소재와 마도구, 마
법 지팡이, 마도서 등 마법 관련 물품을 파는 점포가 모여
있다. 학원 생활에 필요한 물품은 대개 이곳에서 구할 수
있다.

그밖에도 카페나 음식점, 서점, 유흥 시설이 다수 존재하
며 주말에는 학생들로 북적인다.

그리고 그런 주말의 캠벨 스트리트로 나온 학생들 중에
는 릭스 일행도 있었다.

"그럼─ 일단 입학하고 1개월! 수고하셨습니다! 건배!"

"""건배!"""

랜디의 건배사에 따라서 일행은 잔을 들었다.

이곳은 캠벨 스트리트에 있는 카페 레스토랑 『숲의 브라

우니」.

학생을 대상으로 간단한 요리를 파는 음식점인데, 인테리어가 클래식하고 세련된 멋이 있어 차분한 분위기로 정평이 났다.

요리도 가격에 비해 맛있고, 보기에도 화려해 여자에게도 인기 있는 가게다.

"여기 케이크랑 홍차, 맛있더라!"

"음! 역시 다과를 먹는 이 시간은 더없이 행복하군!"

라즈베리 잼과 생크림 케이크를 기쁘게 입으로 옮기는 애니에게, 기품 있게 애플파이를 먹는 세레피나가 답했다. 두 사람 모두 어지간히 기쁜지 살짝 흥분해 있었다.

"케이크도 좋지만, 누가 뭐래도 내 추천은 이곳의 미트볼 스파게티야. 정말 끝내줘."

랜디가 포크로 파스타를 빙글빙글 말면서 자신 있게 말했다.

"그런데 릭스, 너는 뭐 시켰어?"

"듣고 놀라지 마. 각설탕이야."

랜디가 들여다보자 릭스의 접시에 각설탕이 산처럼 쌓여 있었다.

"응, 놀랍긴 하네. 왜 하필이면 그거야?"

"응……? 섭취 칼로리가 압도적이잖아?"

릭스가 포크로 찍은 각설탕을 입에 넣고 우득우득 씹었다.

“「뭐야? 몰랐어?」 같은 표정 짓지 마……. 하, 이젠 나도 모르겠다. 그냥 좋아하면 먹어라.”

랜디는 생각하기를 포기하고 스파게티에 집중했다.

“하하하, 별나긴. ……그런데 시노, 네 건 어때? 맛있어?”

릭스가 옆을 보자 시노가 앉아 있었다.

시노는 슈크림을 묵묵히 먹고 있었다.

“딱히. 평범해. 상관은 없지만, 왜 내가 여기 있어?”

“그야 불렀으니까. 내가.”

“내가 있어도 돼?”

“안 되면 안 불렀지. 싫어?”

“……딱히.”

고개를 획 돌리는 시노. 기분 탓인지 그 볼이 빨갛게 보였다.

그런 시노를 보고 입꼬리가 올라가는 것을 느끼며 릭스는 대화를 이어갔다.

“아차, 그러고 보니! 스피어 개방 기념으로 너한테 줄 선물이 있어. 받아줄래?”

“어……?”

시노가 눈을 살짝 크게 뜨고 릭스를 보자…… 다르르륵……시노의 슈크림 접시 위에 각설탕이 수북이 쌓였다.

“엄청 맛있어. 많이 먹어.”

“한순간이라도 너한테 기대한 나를 죽이고 싶어.”

“여자는 다들 단 음식을 좋아하지 않아……?”

“이건 달아도 단 음식이라고 안 해! 이 바보! 바보!”

“아얏! 아야?! 각설탕 던지지 말아 줄래?! 으아?!”

그런 릭스와 시노를 랜디, 세레피나, 애니가 멀뚱멀뚱 보고 있었다.

“왠지…… 어느샌가 엄청 친해졌다? 저 둘.”

“으으으…….”

“우…….”

랜디가 재미있게 바라보는 한편, 세레피나와 애니는 살짝 눈살을 찌푸리고 둘을 노려봤다.

랜디가 그 두 명도 힐끔 보더니 의미심장하게 웃었다.

“하하, 릭스랑 다니면 지루할 일은 없겠네.”

———.

『숲의 브라우니』에서 가벼운 뒤풀이를 마친 뒤, 다섯 명은 함께 캠벨 스트리트를 적당히 돌아다녔다.

마도구 가게에서 특이한 마도구를 물색하거나, 마법 옷 가게에서 유행하는 로브를 체크하고 입어 보거나, 마법 소재를 파는 가게에서 쇼핑을 하기도 했다.

그동안 다섯 명 사이에서는 학원에 관한 화제가 끊이지 않았다.

그 선생님이 열받는다거나, 그 수업은 불합리하다거나, 학생 식당의 그 요리는 꽝이라거나.

같은 세대의 소년 소녀들이라면 누구나 그러듯, 일상적인 화제에 이야기꽃을 피우며 계속 걸었다.

그리고 서로 성격은 달라도 시노, 애니, 세레피나는 역시 또래 여자라서 그런지…….

"시노, 시노, 이거 봐! 이 사파이어 애뮬릿! 시노 눈 색깔이랑 똑같아! 분명 어울릴 거야!"

"그, 그래……?"

"응, 채워줄게!"

"잠깐…… 애니, 얼굴 너무 가까이…….''

"오오오, 정말 어울리는군! 애니, 제법 심미안이 있구나! 하는 김에 이 몸에게 어울리는 애뮬릿도 골라주지 않겠나! 루비 계열로 부탁하마!"

세 소녀는 마법 장신구 가게 한쪽에서 화기애애하게 놀고 있었다.

시노도 말수는 적지만, 딱히 싫지 않은 눈치였다.

이제는 누가 봐도 친한 친구 3인조였다.

"아름다워."

"그러게."

릭스와 랜디는 그런 소녀들을 보면서 팔짱을 낀 채 보호자 행세를 하고 있었다.

그렇게 거리를 돌아보던 사이, 다섯 명은 우연히 발견한 『커크스의 마장점(魔杖店)』에 들어갔다.

————.

"여기가 마장점이구나……. 마술사가 쓰는 지팡이를 파는 가게."

릭스가 신기하게 주위를 돌아봤다.

수상하게 어두운 가게 안에는 벽이나 진열대에 빼곡하게 상품들이 나열되어 있었다.

의외로 마장점이라는 이름으로 연상되는 모습과 달리, 지팡이만 취급하는 가게는 아니었다.

검과 창을 비롯한 무기부터 건틀릿과 방패 같은 방어구, 팔찌와 반지 등 액세서리까지 수많은 상품이 있었다. 오히려 전체 비율로 따지면 지팡이는 적은 편이었다.

"마장은 쉽게 말하면 자신의 스피어에 영적으로 접근하기 쉽게 도와주는 마력 증강기다."

릭스의 의문을 알아차린 세레피나가 미리 설명해 줬다.

"사실 형태는 아무래도 상관없다. 내 레이피어만 봐도 알겠지? 이 또한 마장이다. 옛날에는 지팡이 형태가 주류여서 그 습관 때문에 현재까지 마법 사용을 보조하는 마력 증강기를 통틀어 「마장」이라고 부를 뿐이야. 지금은 특기인 마법에 맞춰 형태를 고르는 방식이 일반적이지.”

“그렇구나.”

“하아…… 나도 슬슬 지팡이를 골라야 하는데……. 그래도 대체 뭘 써야 할지 모르겠어.”

랜디가 수없이 쌓인 상품들을 고민스럽게 두리번거렸다.

그런데 그때.

“릭스. 너도 지팡이를 골라.”

시노가 릭스의 소매를 잡고 그런 소리를 했다.

“내가 지팡이를? 아직 마법도 못 쓰는데?”

“그래. 자기 스피어에 영적으로 접근할 때 도와준다고 했잖아? 가지고 있으면 스피어를 열기 쉬워질 거야.”

그리고 시노는 상품 진열대에 늘어선 마장들을 차례차례 뒤지다가 길이 30센티미터 정도의 짧은 지팡이를 골라 릭스에게 내밀었다.

“이 지팡이는 어때? 주재료는 물푸레나무, 촉매는 페가수스의 갈기. 마력 전도성이 높아서 마법 초보자인 너한테 딱이야. 저번 일의 답례로 사줄게.”

자기 안목에 굉장히 자신이 있는지, 시노는 어쩐지 자신만만한 표정이었다. 하지만…….

“안 돼, 너무 가벼워. 게다가 약해. 내 전력 스윙에는 도저히 못 버틸 거야.”

“왜 두들겨 패는 게 전제 조건이야?! 이 돌머리!”

심히 진지하게 대답하는 릭스에게 시노가 성난 고양이처럼 소리쳤다.

그러자 두 사람을 지켜보던 애니가 끼어들었다.

“자, 잠깐만! 잠깐만 있어 봐! 나, 나도 릭스한테 지팡이 골라줄게!”

허둥지둥 주위 상품을 물색하고 이거다 싶은 지팡이를 가져왔다.

“릭스에게는 무조건 이게 어울릴 거야! 릭스는 힘이 장사잖아! 봐, 어때?! 이 오크의 양손용 거대 지팡이! 무겁고, 크고, 이걸로 때리면 어떤 적이든 한 방이야! 릭스한테 딱 맞아! 가격도 적당하니까 사줄게!”

“애니, 아니야……. 딱히 릭스용 타격 무기를 고르는 게 아니야……. 릭스의 스피어 개방을 보조할 지팡이를 고르는 거지…….”

너무 필사적이라서 눈이 핑핑 도는 애니에게 랜디가 지적했다.

그때였다.

“와하하하하하하하하하하하—! 뭘 모르는군! 몰라도 한참 몰라, 그대들은! 릭스를 전혀 이해하지 못했어!”

세레피나가 자기가 이겼다는 양 소리 높여 웃었다.

"하지만 이 몸은 다르다! 나는 릭스와 어깨를 나란히 하고 해마와 싸운 여자니까! 그래서 릭스의 전투 스타일! 스피어 개방이라는 당면 과제! 그리고 향후 성장성과 발전성을 고려해 릭스에게 어울리는 마장을 선별했다! 릭스에게 이보다 좋은 것이 있으랴아아아!"

그렇게 선언하고 릭스 앞에 번쩍 들어 올린 마장은……

대검이었다.

릭스의 키만큼 길고 거대한 대검. 고위 마법 금속으로 단조하여 초보자가 봐도 만듦새가 훌륭했다. 칼날에는 마법 문자가 새겨졌고 강력한 마력 부주가 들어갔다.

척 봐도 유명한 장인의 작품.

무기로서도, 마법을 보조하는 마장으로서도 대단히 수준 높은 명품이었다.

"대단해! 이건 마음에 들어! 이거라면 어떤 전장에서도 싸울 수 있겠어!"

릭스가 눈을 초롱초롱 빛내며 대검을 양손으로 잡고 들어 올렸다.

"크크크, 아무렴, 그럴 테지. 내 눈은 정확하니까."

세레피나는 이겼다는 것처럼 애니, 시노를 힐끔 곁눈질했다.

"……"

애니의 해맑은 웃음이 오늘따라 무섭다.

“크…….”

시노는 평소대로 가면 같지만, 뚝…… 그녀가 쥔 물푸레나무 지팡이(가게 물건)가 부러졌다.

“그렇다면 어쩔 수 없군! 내가 친히 그 검을 사서 릭스에게 하사하마! 가보로 삼고 대대로 이 몸에게 감사하도록!”

“저기요—? 세레피나 공주 전하—?”

“정 원하면 이 은덕을 잊지 못하고 장래에 나의 신하가 되어도…….”

“전하. 공주 전하.”

옆에서 랜디가 냉담한 눈으로 세레피나의 팔을 찔렀다.

“무엇이냐, 랜디. 한창 좋은 때…… 음……?”

랜디가 말없이 릭스가 쥔 대검어 어느 부분을 가리켰다.

그곳에는 가격표가 붙어 있었다.

「3천만 에스토」.

“흐에에에에에에에에에에에에에엑?!”

세레피나의 목에서 여자애가 내서는 안 될 소리가 튀어나왔다.

“이, 이건…….”

“제법 상위급의 드래곤 퇴치 보수 수준이네…….”

“아, 아무리 황녀님이라도 이건 어렵지…… 솔직히…….”

애니, 시노, 랜디의 표정이 굳었다.

“그래…… 드래곤 한 마리면 충분하다는 거지?”

"태클 안 건다? 나, 태클 안 걸어 줄 거야."

릭스의 진지한 발언에 랜디는 이제 깊은 한숨밖에 나오지 않았다.

그 후, 계속해서 소녀 세 명이 이게 좋네, 저게 좋네 하며 릭스의 지팡이를 골랐지만, 결국 누가 릭스의 지팡이를 골라서 사줄지는 흐지부지되었다.

————.

"—릭스, 결국 너는 자기 지팡이를 골라서 샀어. 실용적인 면에서도 결국 자기가 고르는 게 최고긴 해."

마장점에서 나와 거리를 걸으면서 랜디가 릭스를 슬쩍 봤다.

"그런데 왜「그거」야?!"

"엥?"

싱글벙글 웃는 릭스가 등에 멘 마장은— **통나무**였다.

그렇다.「통나무」다.

두껍고 길었다. 나무를 자르기만 한 무가공품. 그 이상도 그 이하도 아니었다.

"무게, 내구성, 공격 범위, 내가 가진 예산…… 여러 조건을 숙고한 결과인데?"

"달리 숙고할 부분이 있잖아!"

"아, 그렇지? 조금 들기 힘들고 휘두르기 불편한 게 단점이라……."

릭스가 한 손으로 그 둥근 통나무를 잡고 붕붕 휘둘렀다.

"그게 아니야! 그게 아니라고! 인간은 보통 그런 식으로 통나무를 휘두르지 않아! 그보다 그 가게는 왜 이런 걸 팔아! 바보들이야?!"

평소의 역할을 수행하느라 수고가 많은 랜디였다.

"흥…… 내가 하는 말을 고분고분 들었으면 됐을 텐데."

그렇게 불만스럽게 말을 흘리는 시노도 자기 지팡이를 샀다.

그녀가 고른 것은 30센티미터 정도의 한 손용 짧은 지팡이— 단장(短杖)이었다.

많은 마술사가 선택하는 대중적인 지팡이로, 타격 공격에는 적합하지 않지만, 휴대성이나 마력 전도성이 매우 좋고 재빠른 마법을 사용할 때 유리하다.

무엇보다 한쪽 손이 빈다는 점이 큰 강점이다. 빈손이 있으면 다양한 마법 도구를 동시에 다룰 수 있다.

"아하하, 아쉬워…… 릭스의 지팡이, 골라주고 싶었는데."

애니도 지팡이를 골라서 샀다. 그녀의 키와 비슷한 길이의 큰 떡갈나무 지팡이였다(물론 릭스에게 추천한 것만큼 크지는 않지만).

큰 지팡이— 대장(大杖)은 구시대의 마술사들이 즐겨 쓰던 지팡이로, 마력 전도성이 조금 낮고 재빠른 마법 사용에 적합하지 않지만, 그만큼 마력 증강성이 높고 강력한 마법 구사에 어울린다.

걸음을 멈추고 양손으로 단단히 쥐어 마법을 구사하는 마술사용 지팡이다.

"그나저나 랜디, 그대는 참 멋들어진 것을 골랐군?"

"그래? 뭐, 그런가……."

세레피나의 지적에 랜디가 자기 양손을 봤다.

랜디가 고른 마장은 징 박힌 장갑이었다. 손등 부분에 마법진이 그려져 있었다.

"나, 옛날에 권투를 했거든. 활용할 수 있지 않을까 싶어서 이걸 골랐는데……."

"좋은 선택이다. 자기 기술을 살리겠다는 건 매우 합리적인 이유야."

세레피나의 말을 듣고 릭스도 자신만만하게 말했다.

"그렇다면 내 선택도 합리적이군!"

"아, 응. 네가 그렇게 생각하면 그런 거겠지."

릭스가 희희낙락 통나무를 휘두르자 랜디는 슬슬 제 역할을 포기하기 시작했다.

그런 식으로 떠들며 일동이 거리를 걷는데…….

"……그래서? 다음은 어디로 가?"

옆에서 걷던 시노가 릭스에게 물었다.

“응? 딱히 예정은 없으니까 다 같이 발길 가는 대로 돌아
다닐 뿐인데…… 왜?”

“딱히.”

시노가 얼굴을 휙 돌렸다.

“조금 궁금했을 뿐이야.”

“설마…… 의외로 즐기는 중?”

“딱히!”

시노가 힘주어 부정했다.

고개를 돌린 탓에 표정은 보이지 않지만, 볼과 귀가 빨개
졌다.

릭스는 점점 시노라는 소녀를 알 것 같았다.

의외로 귀여운 성격일지도 모른다.

“……뭘 히죽거려? 소름 돋게.”

“딱히~?”

째려보는 시노에게 시노의 말버릇을 흉내 내 대답하는
릭스.

즐거운 시간은 쏜살처럼 지나갔다—.

————.

“아~! 오늘은 재밌었어~!”

“동감이다.”

실컷 놀고 나니 어느새 해 질 녘이었다.

릭스 일행은 석양으로 불타는 거리를 걸으며 학원으로 돌아가고 있었다.

"그나저나 정말로 다양한 물건이 모이는 도시로군……. 하루 안에 다 돌 수가 없어."

"응, 또 다 같이 오자! 괜찮지, 시노!"

"어? 아…… 그, 그래……. 내가 끼어도 된다면……."

릭스가 부쩍 친해진 세 사람의 뒷모습을 바라보는데, 옆에서 랜디가 릭스의 목에 팔을 감아 당기더니 물었다.

"릭스. 너, 누구 노려?"

"노려?"

"시치미 떼지 마."

악동 같은 얼굴로 히히 웃으며 랜디가 말했다.

"보니까 저 세 명, 너를 꽤 좋아해. 아직 홀딱 반한 단계는 아니라고 생각하지만."

"그래?"

"맞다니까. 그래서? 너는 어때? 만약 저 세 명 중에서 고른다면 누굴 고르고 싶어? 현시점의 네 희망을 알려줘!"

"으음, 글쎄…… 나도 아직 연애에 관해서는 전혀 모르지만…… 장래에는 귀여운 아내를 맞이하고 싶으니까, 만약 저 세 사람 중에 고른다면……."

릭스가 잠시 하늘을 보며 심사숙고하다가 곧 빵긋 웃으

며 대답했다.

"전부!"

"상상을 초월하는 쓰레기 같은 답변이라서 깜짝 놀랐어."

랜디가 정색했다.

"응? 날 키워준 사람은 항상 여자를 열 명 정도 끼고 살았는데? 그래서 나는 성실하게 세 명 정도만 하려고……."

"성실이 듣고 울겠다. 일단 이따가 너한테 연애의 일반 상식을 알려줄게."

"부탁할게. 솔직히 남녀관계나 연애에 관해선 잘 모르겠어."

"새삼스럽지만, 너 정말로 어떤 환경에서 자란 거야?"

"그건 그렇고 너는 어때? 누구 마음에 드는 여자애 없어?"

"훗, 나? 들어볼래? 크크크……."

그러고는 랜디가 기다렸다는 것처럼 이야기했다.

"실은 나…… 얼마 전에 학원에서 여신을 만나 버렸어……."

"오?"

"만난 순간, 나는 확신했지! 분명 나는 그 사람을 만나기 위해서 태어난 거라고……. 그녀의 이름은, 3학년의—."

랜디가 열렬하게 사랑을 설명하려던, 바로 그때였다.

쩍! 머리 위에서 뭔가 깨지는 소리가 났다.

"뭐, 뭐야?!"

릭스와 랜디가 올려다보자 하늘에 거대한 십자 균열이 생겨 있었다.

그리고 그 균열 사이에서 무시무시하게 기세로 어둠이 퍼져 나갔고— 지금 릭스 일행이 있는 서구 3번가 전역을 순식간에 돔 형태로 감쌌다.

거리에 퍼지는 동요와 당혹감. 명백한 이상 사태였다.

"저건 뭐야? 대체 무슨 일이……?"

"【이계화 결계】야……!"

릭스의 의문에 답한 사람은 시노였다.

"이계화…… 결계……?"

"그래.『기도 마법』의 기초 마법…… 우리가 존재하는『물질계』와 그 이면에 있는『성유계(星幽界)』의 경계를 일시적으로 모호하게 만드는 결계야! 우리는 원래 있던 물질계의 풍경을 투영한 이계로 끌려왔어! 여기는 이미 아무것도 아닌 곳이야!"

"전문 용어가 너무 많아서 모르겠어!"

"아아, 정말! 여기는 엄청 위험해! 근데 도망갈 수 없다고! 이해했어?!"

"이해했어!"

그때였다.

""""GRYUOOOOOOOOOOOOOOOOOOOO—!""""

릭스 일행 주위에, 아니, 도시 전체에 기이한 기운이 무수히 나타났다.

마치 그림자에서 스며 나오는 것처럼 콜타르처럼 끈적하고 새까만 어둠이 부풀어 올라 부글부글 움직이더니, 잇달아 다양한 형태로 실체를 갖췄다.

늑대나 말 같은 네발짐승, 까마귀나 매 같은 조류, 뱀이나 도마뱀 같은 파충류, 거대한 지네나 거미 같은 벌레, 혹은 오징어나 문어, 심해어 같은 수생생물까지.

기본적인 형태는 익숙하지만, 부자연스럽게 번뜩이는 날카로운 이빨과 발톱, 불길하게 붉은빛으로 형형히 빛나는 여러 개의 눈알 등 어딘가 기괴했다.

그리고 모든 빛을 흡수하는 것처럼 검고 형태가 일정하지 않은 물질로 구성되어 이 세계에 사는 어떤 마물보다 이질적이었다.

"이, 이것들은 뭐야……?!"

"『혼돈의 짐승』— 성유계의 생물이야! 이것들은 저급령이지만!"

랜디의 의문에 시노가 답한 순간이었다.

"GWAAAAAAAAAAAAAAAA—!"

사자의 모습을 한 『혼돈의 짐승』이 똑바로 애니에게 달려

들었다.

"꺄―?!"

갑작스러운 공격에 전혀 반응하지 못하고 애니의 얼굴이 새파랗게 질린다.

하지만 그보다 먼저 릭스가 반응했다.

"애니!"

릭스는 여전히 상식을 초월한 속도로 애니와 사자 사이에 끼어들었다.

그리고 달려온 속도를 실어 통나무를 사자에게 때려 박지만―.

콰직! 통나무는 순식간에 가루가 되고 말았다.

"토, 통나무우우우우우우우우우우우우―?!"

"야, 장난칠 상황이냐?!"

"젠장! 쭉 함께 싸워 온 단짝이었는데……! 미안하다, 내가 미숙한 탓에……!"

"존재하지 않는 기억 날조하지 마! 또 온다!"

자세를 다시 잡은 사자가 이번에는 릭스를 공격했다.

그 찰나, 릭스는 사자의 발톱을 피해 검을 뽑았다. 섬광 같은 참격이 사자의 목을 친다.

캉!

하지만 사자에게는 1밀리미터도 칼이 들어가지 않았다.

"……?!"

"안 돼, 릭스!『혼돈의 짐승』은 성유계 생물이야! 물질계에 속한 생물인 마물들과 달리 물리적 공격은 의미가 없어!"

그렇게 소리친 시노가 단장을 한 번 위로 흔들어 릭스를 가리켰다.

그 직후, 릭스의 검에 희고 눈부신 마력의 빛이 깃들었다.

"이 녀석들을 해치우려면 마력— 마법적 수단을 써야 해!"

"땡큐, 시노!"

상황을 파악한 릭스는 번개가 튀듯 검의 궤도를 꺾었다.

순식간에 사자의 목이 잘려 날아가고, 그대로 검은 안개처럼 되어 소멸해 갔다.

릭스는 평소대로지만, 지금은 여느 때보다 더—.

"지금 그건 부주 마법……? 릭스의 검에 마력을……?"

"빨라……!"

시노의 마법 사용 속도에 애니와 세레피나가 경악했다.

하지만 그러는 사이에도 일동의 주위에『혼돈의 짐승』은 늘어만 갔다.

"다들! 도망가자!"

어쩔 줄 모르고 상황을 지켜보는 일동에게 시노가 일갈했다.

"이대로 가면 포위당해! 안전한 곳을 찾아야 해……!"

“그, 그렇지……! 멍하게 있을 때가 아냐!”

정신을 차린 랜디가 호응했다.

이렇게 일동은 끊임없이 솟아나는 『혼돈의 짐승』에게서 벗어나고자 거리를 달려 나갔다―.

────.

릭스가 선두에서 『혼돈의 짐승』들을 처리하며 일행은 거리를 달렸다.

“쳇! 별생각 없이 산 장비가 벌써 도움이 될 줄은……!”

랜디가 기가 막힌다는 듯 외치며 전투 자세를 잡았다.

“『찢어발겨라, 바람의 검』!”

【풍인(風刃)】 주문을 외고 징 박힌 장갑을 낀 왼손으로 손날을 휘둘렀다.

거기에 따라 바람 칼날이 날아가서, 다가오는 혼돈의 새를 양단했다.

“으, 오오오오오오오오!”

그리고 정면에서 덤벼든 혼돈의 개 주둥이에 장갑을 낀 오른손을 꽂아 넣고― 동시에 【공탄】 주문을 외쳤다.

“『보이지 않는 마탄이여』!”

마법이 발동한 순간, 랜디의 오른손에서 밀착 상태로 발사된 공기 탄환이 개를 멀찍이 날려 버렸다.

그리고 그 개에게―.

"잘했다, 랜디!"

화륵! 세레피나가 레이피어 끝으로 날린 강력한 화염이 개를 순식간에 불살랐다.

"핫―!"

세레피나가 그 자리에서 회전하며 계속해서 레이피어를 휘둘렀다.

겹화의 불길이 휘감겨 회오리 화염으로 변하고 세레피나 주위에서 휘몰아쳤다.

"캬오오오오오?!"

"키이이이이이이이이이―?!"

사방팔방에서 세레피나에게 달려들던 짐승들이 압도적 열량 앞에 불나방처럼 타 버렸다.

"대, 대단해…… 역시 공주 전하…….."

"무얼, 그대도 제법 하는 편이다. 첫 전투에서 그만큼 움직이는 것도 대단하지."

"아니, 이건…… 설마 고향에서 쌈박질이나 하던 날들이 도움이 될 줄이야…….."

랜디는 긴장해서 폭포처럼 흐르는 식은땀을 닦았고, 세레피나는 흩날리는 불티를 레이피어 끝으로 걷어내며 여유로운 표정을 보였다.

"미, 미안…… 다들…… 나도…… 뭐든 하려고…… 생각은 하는데……."

하지만 애니는 지팡이를 쥔 채 거기에 매달리듯 서 있을 뿐이었다.

그 안색은 새파랬고 온몸이 부들부들 떨리고 있었다.

"무, 무, 무서워서……!"

"상관없다. 그게 보통 반응이니까. 게다가 나는 고귀한 몸. 약자를 지킬 의무가 있다. 지금은 가만히 나의 보호를 받거라."

"그 대신 상처 치료는 부탁한다? 여기서 치유 마법을 가장 잘 쓰는 사람은 애니, 너니까."

"으, 응……!"

애니는 공포로 흘러나온 눈물을 벅벅 닦으며 동료들에게 뒤처지지 않게 필사적으로 따라붙었다.

"그나저나 릭스가 괴물 같은 건 늘 그랬지만……."

랜디가 전방을 보자 시노가 마력을 부여해 준 검으로 몰려드는 『혼돈의 짐승』들을 닥치는 대로, 일방적으로 처리하는 릭스가 보였다.

역시 상대가 마술사가 아니면 릭스는 강했다.

"음. 그건 그렇지만…… 지금은 더하군."

"그래."

세레피나와 랜디가 서로 고개를 끄덕이고 이번에는 후방을 봤다.

그곳에는 후방 방어를 자진한 시노가 있었고—.

"흥—."

시노가 지팡이를 휘둘렀다.

그러자 시노 주위로 작은 전기 구슬들이 떠올랐고— 직후, 그 구슬 하나하나에서 레이저 같은 번개 줄기가 사방팔방으로 뻗어나갔다.

그 번개 줄기는 마치 의지라도 가진 것처럼 자유자재로, 변화무쌍하게 날아가— 시노 주위의 짐승들을 모조리 찔러 죽였다.

시노가 계속해서 지팡이를 흔들었다.

그 지팡이 끝에서 어마어마한 열량을 품은 불덩이가 생겼다.

그것을 가볍게 던지자 불덩이가 대폭발을 일으켰다. 한곳에서는 무시무시한 불기둥이 솟고, 무수한 짐승들을 태우며 하늘로 날려 버렸다.

그것과 지나치듯 하늘에서 무수한 새들이 시노를 향해 급강하했다.

시노가 냉정하게 지팡이를 빙글 회전시켰다.

그 회전에 반응하듯 진공 회오리가 발생했다.

새들이 잘게잘게 다져진다.

"그롸아아아아아아아아아아아—!"

그런 시노에게 마치 거대한 멧돼지 같은 짐승이 거구로 땅을 울리며 맹속력으로 돌진해 왔다.

귀찮은 듯이 시노가 지팡이를 아래로 내렸다.

철퍼어어어어억!

그 멧돼지 짐승의 머리 위에서 초중력이 발생해 순식간에 납작하게 압살했다.

"너무 잘 쓰잖아—."

"시노…… 설마, 저 정도일 줄은……."

시노의 마법 기량은— 차원이 달랐다. 분명히 말해 학원의 도사들과 같거나 그 이상이었다.

어쩌면 아르카 강사에게도 필적할지 모른다.

시노가 사용하는 마법은 어느 것이고 무섭도록 정확하고 무섭도록 강했다.

더군다나 아무리 봐도 신입생이 아직 배우지 않은 고등 마법식들을 태연히 사용하고 있었다. 그것도 전부 영창 파기로.

심지어 이상할 정도로 마법전에 익숙한 느낌을 받았다. 마치 수많은 실전을 경험한 마술사 같았다.

"정말로 스피어를 이제 막 연 사람인가……? 어떻게 된 거지……?"

"모르겠군……."

"다들! 이쪽은 막았어!"

그러는 사이 후방에서 오는 짐승을 몽땅 처리한 시노가 일행과 합류했다.

그때였다.

"큭…… 아……."

"시노! 정신 차려라!"

갑자기 휘청거리며 균형을 잃고 쓰러지는 시노를 세레피나가 받아 냈다.

"헉…… 헉…… 하아…… 하아……."

자세히 보니 축 늘어져서 거친 호흡을 반복하는 시노의 몸은 오싹할 만큼 차갑고 피폐해져 있었다. 이런 단시간의 싸움으로 말이다.

"시노…… 그대, 설마 마력 고갈인가……?!"

"아마, 그런 거 같아……. 꼴사납게……."

시노는 강하고 규모가 큰 마법들을 연발했다.

하지만 그것을 감안해도 마력 고갈이 너무 빠르다.

'이, 이 소모량은……? 설마 그 놀라운 마법 지식과 기량에 본인의 스피어와 마력이 따라오지 못하는 것인가……?'

아마 그 부분은 여전히 신출내기 상태인가 보다.

스피어와 마력만 보면 시노는 세레피나보다 압도적으로 약했다.

실제로 세레피나가 영적 시각으로 파악한 시노의 스피어

반경은 약 5미터.

참고로 초기 개방 스피어 반경이 5미터라면 평범, 10미터라면 우수, 20미터에 달하면 신동이라고 평가받는다.

요컨대 시노는 평범했다.

신출내기 마술사의 재능으로는 평균적인 영역에서 벗어나지 못한다.

하지만 극단적인 위력 감퇴가 일어나는 스피어 영역 밖으로도 여유롭게 마법을 날려 보낸 점을 보아 기량만은 초일류가 틀림없었다.

그렇지만 시노의 그 부자연스러운 힘의 균형을 지금은 추궁할 여유가 없다.

"이쪽이야!"

선봉에서 릭스가 혈로를 뚫고 일행에게 손을 흔들었다.

"가자, 시노. 우리가 부축해 주마."

"……번거롭게 해서 미안."

"힘내, 시노……!"

세레피나와 애니에게 좌우로 지탱받으며 시노는 비척비척 갈지자로 걸었다.

랜디가 주변을 경계하고, 릭스가 앞장서는 형태로 일행은 끝없이 솟아나는 짐승들로부터 하염없이 도망쳤다―.

제9장 땅거미의 마왕

혼돈의 짐승들은 온 도시에 출현하는 것 같았다.

당연히 주말의 이 도시에는 많은 학생이 모이고 상급생도 있으므로 자기 몸을 지키며 대처하는 사람은 있을 것이다.

하지만 당연히 그러지 못하는 사람도 있다. 마법을 쓰지 못하는 일반 시민도 있다.

그런 사람들의 비명과 고함이 여기저기서 들렸다.

그래도— 아직 미숙한 릭스 일행이 그들을 도울 여력은 없었다.

애초에 이 닫힌 결계 안에 안전한 곳이 있기나 할까?

모두 그런 불안을 품으면서도 하염없이 도망쳤다.

짐승은 밑도 끝도 없이 나타났고 절망은 조금씩 눈앞으로 밀려들었다.

하지만.

그 절망은 갑자기, 예기치 않게 날아가 버렸다.

————.

그것은— 릭스 일행이 짐승들에게 쫓기며 목숨만 부지한
채 어떤 한산한 광장에 도착했을 때였다.

"여러분! 무사하셨나요!"

검은 로브를 입은 여성이 릭스 일행을 맞이해줬다.

그 낯익은 인물은—.

"아, 안나 선생님!"

"왜, 왜 여기에?!"

학원의 도사, 안나였다.

안나가 릭스 일행을 확인하고 안도하듯 숨을 내쉬었다.

"오늘 마침 볼일이 있어서 도시에 나와 있었어요!"

"휴…… 그랬나요……."

학원에 재적한 도사들은 누구나 대단한 실력자였다.

그런 안나와 합류한 덕분에 랜디가 안도의 숨을 내쉬었다.

"지금 이 도시에 있던 상급생들이 힘을 합쳐 신입생과 주
민들을 구조하러 갔어요! 안심하세요, 여러분이 생각하는
것보다 피해는 적을 거예요!"

"그, 그랬구나…… 다행이다……."

"음…… 솔직히, 마음이 아팠으니까……."

애니와 세레피나도 가슴을 쓸어내렸다.

"다음은 여러분이에요! 서둘러 따라와 주세요! 이 결계

밖으로 이어진 탈출로가 준비되어 있으니까!"

"오오오오?! 정말이요?! 역시 선생님이야!"

"감사합니다, 선생님!"

"후후후! 다들 목숨은 건진 것 같구나! 자, 가자!"

환희에 찬 표정으로 랜디, 애니, 세레피나가, 그리고 애니와 세레피나에게 부축받는 시노가 손짓하는 안나 쪽으로 달려갔고…….

카아아아앙! 검과 지팡이가 격돌하는 소리가 일대에 울려 퍼졌다.

"어? 릭스."

"……."

돌아보니— 릭스가 안나에게 검을 휘둘렀고, 안나가 놀란 표정으로 대장을 들어 릭스의 검을 막고 있었다.

그 광경에 일동은 잠시 넋이 나가 아무 말도 하지 못했다. 그리고 곧.

"바보야아아아아아아?! 너, 뭐 하는 거야아아아아아아아아?!"

"히, 힘들게 구하러 와 준 안나 선생에게 이게 무슨 결례냐?! 창피한 줄 알아라, 이 천치!"

도저히 그냥 넘어갈 수 없었는지, 릭스에게 동료들의 비난이 쇄도하지만.

“……”

정작 릭스는 아랑곳하지 않고 똑바로 안나를 응시하고 있었다.

교차한 검과 지팡이 너머로 한 치의 방심도 빈틈도 없이, 어느 때보다 진지한 표정으로.

그러자―.

“으응……? 저한테 의심할 요소가 있었나요?”

안나가 정말로 모르겠다는 것처럼 고개를 갸웃거렸고, 릭스는 평탄한 어조로 답했다.

“감이요. 의외로 잘 맞아요. 그 덕분에 오늘까지 살아남았죠.”

“야, 리, 릭스, 무슨 소리야……? 이런 장난, 재미없다고…….”

랜디를 무시한 채 릭스는 담담하게 말을 이었다.

“굳이 말하면 선생님이 시노밖에 보지 않은 점……일까요? 처음부터 쭉. 학원장실에서 다르윈 선생님에게서 감싸 줄 때도. 방과 후 스피어 개방 보충수업 때도. 그리고― 지금도. 선생님의 눈에는 항상 시노밖에 비치지 않았고…… 나 같은 건 안중에 없었어요. 뭔가 이상하다고 생각해서…… 선생님을 쭉 지켜봤었죠.”

“……”

“그리고 선생님…… 지금 시노 말고 전부 죽일 생각이었

죠? 숨기질 못했어요, 살의와 살기를. 마술사로서는 초일
류라도 살인은 이류인가 봐요. 너무 티 나요…… 제가 그런
세계에서 살아왔거든요.”

당황하는 일동 앞에서 릭스가 얼어붙은 눈으로 말했다.

“제가 마법은 잘 모르지만…… 선생님이 만든 거죠? 이
상황.”

그러자.

“아하하, 릭스 군도 참. 정말, 그게 무슨 소리예요!”

안나가 우습다는 듯이 웃었다.

“당신의 그 대사…… 시나리오에는 없었는데요?”

그 순간이었다.

릭스와 안나 주위에 혼돈의 어둠이 간헐천처럼 대량으로
솟구쳤다.

“본래 시나리오는 이거예요. 학생을 생각하는 다정한 안
나 선생님이 도망치지 못한 학생들을 구하러 필사적으로
현장에 도착하지만…… 아쉽게도 한발 늦어 릭스 군, 랜디
군, 애니 양, 세레피나 양은 시체로 발견됐습니다. 하지만
신기하게도 시노 양의 시체는 발견되지 않고 행방불명…….
아마 짐승들이 뼈도 남기지 않고 먹어 치운 게 아닐까? 아
아, 정말 참혹한 사건이야…… 이런 느낌이에요. 제대로 대
본대로 움직이지 않으면 곤란하잖아요.”

솟구치는 어둠이 무수한 짐승의 형상을 이루고— 사방에

서 일제히 릭스에게 달려들었다.

"큭—?!"

릭스는 검이 닿는 범위에서 그것들을 베어 넘기며 후퇴해 사지에서 벗어났다.

"뭣이—?! 그『혼돈의 짐승』은……?!"

"그, 그럴 리가…….."

세레피나와 애니가 경악했다.

지금 출현한『혼돈의 짐승』은 틀림없이 안나가 소환해 조종한 것이었다.

그건 즉…… **그런 뜻**이다.

릭스의 지적대로 안나가 바로 이 상황을 연출한 범인이라는 뜻.

"저…… 아직 그 학원에서 쫓겨날 수 없어요. 그러니까—안타깝지만 목격자는 제거할게요. 시노 양을 제외한 학생들은 사라져 줘야겠어요. 정말로 죄송하지만…… 한 명도 놓치지 않을 거예요. 각오하세요."

그렇게 말하고 으스스한 미소를 띤 안나가 지팡이를 휘둘렀다.

그러자 강인한 마력 장벽이 광장을 둘러쌌다.

완전히 포위당했다. 퇴로는 완전히 차단됐다.

"저, 정말이었어……?!"

"큭…… 이게 무슨 일이냐……!"

"그, 그럴 리가…… 그럴 리가……?!"

랜디, 세레피나, 애니가 동요를 감추지 못했다.

"크……!"

다만, 시노만 무언가 깨달았는지 고개를 숙이고 굳게 쥔 주먹을 떨고 있었다.

"다들 진정해."

그때, 릭스가 지극히 냉정하게 말했다.

"이럴 때야말로 발상의 역전이 필요해. 안나 선생님을 여기서 해치우면 아무 문제도 없어. 아니야?"

그러고는 릭스가 일동 앞으로 한 걸음 나와 다시 검을 들었다.

"뭘 어떻게 역전시켰는지는 모르겠지만…… 일리는 있어……!"

랜디도 떨면서 주먹을 들었다.

"나에게는…… 꿈이 있어……! 이런 곳에서 뒈질 순 없지!"

"말 잘했다! 나도 이루어야 할 대의가 있는 몸이다!"

"나, 나도…… 장래의 꿈이 있어……. 포기하고 싶지 않아. 이런 곳에서 끝나기는…… 싫어!"

세레피나와 애니도 각자의 마장을 들고 안나를 정면으로 마주했다.

안나 선생님은 그런 일동을 어이없는 눈으로 보며 말했다.

"정말…… 귀찮게 구네요. 뭐예요? 꿈이 있다느니 대의가

있다느니, 그런다고 문제가 해결되는 건 환상 소설뿐이에
요. 이길 수 있다고 생각하세요? 당신들, 햇병아리 학생들
이? 「제2등 마왕 유물」까지 가진 저한테?"

"뭐……?"

"마왕…… 뭐라고?"

릭스와 랜디가 낯선 단어를 듣고 고개를 갸웃거리는데…….

"서, 설마……?! 다, 당신……!"

지금까지 침묵하던 시노가 고개를 번쩍 들고 경악과 절
망으로 표정을 일그러뜨렸다.

안나가 씩 웃었다.

그리고 주문을 외기 시작했다.

"……「거울을 보는 나, 비치는 그대, 우리는 표리일체, 병
존하며 진리를 추구하는 동지」."

그 순간이었다.

릭스가 마치 튕겨 나가듯 안나를 향해 돌진했다.

"릭스!"

가공할 속도였다. 지금까지 릭스가 보여 준 속도 중 가장
빨랐다.

그 무시무시한 속도에 발을 딛는 곳마다 땅이 파인다.

"크……!"

포악한 초조감이 등을 떠밀어 릭스는 안나에게 검을 꽂기 위해 달렸다.

느꼈다. 저 주문이 완성되면 안 된다고.

무시무시한 일이 벌어진다고.

틀림없이 자신들은 전부 죽는다고. 만에 하나의 승산도 없다고.

하지만— 그런 릭스의 앞길을 수도 없이 출현한『혼돈의 짐승』이 가로막았다.

그것들이 마치 해일처럼 릭스를 덮친다.

릭스는 닥치는 대로 짐승들을 베어 넘기지만— 도저히 돌파할 수 있는 물량이 아니었다.

그러는 사이에도 안나의 주문은 이어졌다.

"「그대, 얼굴 없는 자, 흰옷을 입은 자, 그 티 없는 순백의 날개로 현세에 내려오리라」—."

"세레피나! 선생님을 막아아아아아아아아아아—!"

퍼뜩 정신을 차린 세레피나가 레이피어를 들어 올렸다.

"—「진격하라, 유린하라, 홍련의 윤보」!"

평소에는 영창 파기로 화염을 조종하는 세레피나가 굳이 주문을 외어 발동한 것은— 【화염 차륜】. 현재 세레피나가 습득한 것 중 최강의 불 마법이었다.

방대한 열량과 불로 형성된 거대한 바퀴가 안나에게로

회전하며 돌진했다.

하지만― 그마저도 한없이 증식하는 『혼돈의 짐승』에게 가로막혔다.

약 수십 마리를 짓밟고 불살랐을 뿐 안나에게는 도달하지 못했다.

"큭―?!"

그러는 사이―.

"「그 대지를 검은 불로서 허무로 되돌릴 자니라」."

안나의 주문이― 완성되고 말았다.

그 순간이었다.

세계의 어둠이― 짙어졌다.

안나의 발밑에 마법진이 전개되고 방대한 마력이 질주했다.

그리고 안나 아래의 그림자가 꿈틀대며 퍼졌고― 그림자 속 심연에서 **그것**이 떠올랐다.

한마디로 말하면…… 천사라고 형용하면 가장 와닿을 것이다.

사람과 닮은 형태, 순백색 날개, 흰옷.

하지만― 틀림없는 괴물이었다.

얼굴 부분에 휑하니 구멍이 뚫려 있었다. 팔다리도 생물보다는 기계 같았다.

그렇지만 무지막지한 존재감, 무지막지한 마력.

자신이 땅을 기는 개미보다 못한 존재라고 저절로 깨닫게 되는, 너무나도 절망적이고 절대적인 존재. 인간의 완전 상위자.

"아⋯⋯."

"으⋯⋯."

"⋯⋯."

그것을 목격한 랜디, 세레피나, 애니가 말없이 그 자리에 털썩 무릎 꿇었다. 그저 망연히, 그 기괴한 천사를 올려다봤다.

이길 수 있을 리 없다. 전의가 눈곱만큼도 솟아나지 않는다.

애초에 처음부터 인간의 상위 존재로 군림하도록 규정된 자에게 대체 어떻게 맞서라는 말인가?

하지만―.

"으아아아아아아아아아아아아아아아아아아아아아―!"

릭스만은 움직였다.

짐승 무리를 돌파해 안나 앞을 막아선 그 천사를 향해― 맹렬하게 검을 휘둘렀고―.

챙!

시노의 마력으로 강화된 검이 두 동강으로 깨졌다.

그 찰나, 천사의 손이 빠르게 움직였고―.

무수한 섬광이 하늘로부터 쏟아져―.

대지에 닿은 빛이 폭발한다.

폭광(爆光)이 릭스를 집어삼킨다.

가까스로 뒤로 물러나 직격은 피했지만― 그 여파는 릭스의 육체를 철저하게 파괴했고― 날려 버렸다.

"릭스ㅇㅇㅇㅇㅇㅇㅇㅇㅇㅇㅇㅇㅇㅇㅇㅇㅇㅇㅇㅇㅇ―?!"

릭스의 몸이 발로 찬 공처럼 튕겨 굴러갔고…… 광장을 봉쇄하는 마력 장벽에 세차게 부딪친 뒤에야 겨우 멈췄다.

화상과 피투성이인 전신은 차마 눈 뜨고 보기 힘들 만큼 참담했고, 오른손과 왼쪽 다리가 꺾일 수 없는 방향으로 꺾였다.

살았는지 죽었는지조차 알 수 없는 상태였다.

"여러분은……『기도 마법』을 아시나요?"

릭스에게 달려가는 것도 잊고 전율하는 일동에게 기괴한 천사를 거느린 안나가 평온하게 말했다.

마치 학원 교실에서 학생들을 가르치기라도 하는 것처럼.

"이 세계의 이면…… 성유계. 그곳에는 혼돈의 짐승, 정령, 요정, 요마…… 다양한 환상의 주민들 살아요. 하지만 그런 성유계의 더 깊디깊은 곳―『심연』이라고 불리는 영역에는 우리 인간의 지각으로는 미칠 수 없는, 상상을 초월하는 『위대한 자』가 있어요. 우리의 말로 정의하면 「신」, 「천사」, 혹은 「악마」. 자신의 스피어 영역을 『심연』^{클리포트}까지 보내서 그 『위대한 자』와 교신하고, 자신의 스피어를 그릇 삼아 또 다른 자기 자신을 현세에 소환한다. 그게 바로─『기도 마법』. 이 세계에서 가장 숭고하며 가장 진리에 가까운, 위대한 마법이에요."

"서, 설마…… 안나 선생…… 아니, 안나! 그대는……?!"

"네, 맞아요."

세레피나의 지적에 안나가 천사와 함께 우아하게 인사했다.

"저는─《기도파》상위 회원 중 하나, 《백면》안나. 상위 존재 『위대한 자』의 한 축인 【백면의 천사】와 계약한 자. 딱히 기억해 주실 필요는 없어요……. 시노 양을 제외한 당신들은 전부 여기서 죽을 거니까."

안나가 거느린 【백면의 천사】에게서 마력이 팽창했다. 그 막강한 마력압에 세레피나조차 떨리는 몸을 주체할 수 없었다.

'큭, 못 이긴다……! 이런 것한테 이길 수 있을 리가 없어……!'

세레피나가 온몸으로 폭포 같은 식은땀을 흘리며 전율하던 그때였다.

"이유가 뭐야……?"

랜디가 떨면서 그렇게 질문했다.

"당신네 학벌이 뭘 하든 내 알 바 아니지만…… 왜 그렇게 시노한테 집착해……?"

그러자 갑자기 안나의 말투가 변했다.

"어이, 시노 양…… 아니, 시노 님에 대해 함부로 떠들지 마라, 미천한 놈."

일동은 정신이 얼떨떨했다.

그들이 놀라건 말건 안나는 다시 시노에게 돌아서서 공손하게 인사를 올렸다.

"드디어…… 드디어 눈을 뜨셨군요, 우리의 위대한 맹주시여."

"……?!"

"뭐?"

"시노가…… 그대들의 맹주라고……?"

다른 이들은 무시하고 안나는 황홀하게 말을 이었다.

"저희 《기도파》 일동은 이날을 일일천추 고대했습니다! 불공불손하나, 당신의 위대한 스피어가 다시 각성하도록 정신적 부담을 가하기 위해 해마를 움직이거나 고든이라는 우매한 자를 부추기는 등…… 실로 죽어 마땅한 만행도 저질렀습니다. 하지만 그것도 모두 저희의 맹주가 될 당신을 위해서였습니다!"

"해마……? 고든……? 야, 설마, 너……?!"

“저희는 이미 당신의 자리를 마련해 뒀습니다. 당신이야말로 저희의 맹주. 숭고한 주도자. 영지의 지배자. 세계의 지도자. 부디 저희를 이끌어주십시오. 저희와 함께 위대한 진리에 도달하는 길을 걸어주십시오. 시노 화이나이트 님— 저희를 진리로 인도하실 길잡이, 『기도 마법』의 위대한 시조. 아니—《땅거미의 마왕》 셰놀라 님!”

그 순간, 그곳에 충격이 퍼졌다.

“시노가…….”

“《땅거미의 마왕》이라고……?!”

이 세계의 사람이라면 누구나 안다.

동요에도 나오고, 학원 마법사 수업에서도 지겹도록 배웠다.

2천 년 전 신화시대를 죽음과 암흑으로 지배한 사상 최강, 최악의 마술사.

폭거와 폭식의 마왕. 인류사에 비견할 자 없는 극악무도한 대죄인—《땅거미의 마왕》.

그《땅거미의 마왕》이, 시노라고?

믿을 수 없다, 거짓말이겠지…… 그런 친구들의 시선에 시노는 체념한 것처럼 눈을 감고 숨을 내뱉었다.

그리고 조용히 말했다.

“맞아. 나는《땅거미의 마왕》셰놀라**였어**…….”

“였어……?”

"전생의 이야기야. 지금 나는 《땅거미의 마왕》 셰놀라의 환생.「그 남자」한테 죽고 완전히 죽었을 내가 왜 이 시대에 환생했는지 모르겠지만."

"그래요! 2천 년 전, 애처롭게도 그 「검사」에게 패한 《땅거미의 마왕》 님의 영혼은 기적적으로 이 현대에 환생하셨습니다! 그 사실을 우리의 지보(至寶)『하엘의 예언서』가 계시한 겁니다! 이것은 우연인가?! 기적인가?! 아뇨, 그럴 리가 없지요! 이것은 필연! 운명!《땅거미의 마왕》 셰놀라 님은 무지한 저희를 이끌고 다시 이 세계의 정점에 군림하시어 지고의 진리를 구하고자 부활하신 겁니다! 이건— 이 세계의 위대한 의지입니다! 자! 셰놀라 님!『기도 마법』의 끝에 무엇이 있는지, 저희에게 다시 한번 보여주십시오! 저희와 함께 심연으로 탐구의 여행을 떠납시다!"

전혀 움직일 수 없는 일동 앞에서 안나는 그렇게 말하고 황홀하고 환희에 찬 표정으로 시노에게 손을 내밀지만…….

"웃기지 마."

시노가 혐오스럽게 내뱉었다.

"셰놀라 님……?"

"『기도 마법』? 바보야? 《기도파》? 어디 모자라? 내가…… 《땅거미의 마왕》이 대체 무슨 짓을 저질렀는지 몰라? 현대인은…… 역사에서 아무것도 못 배웠어? 하……
『기도 마법』이 진리에 가까워? 가장 숭고한 위대한 마법?
웃기지 마. 그딴 거…… 쓰레기야!!"

돌아보니 시노가 분노한 표정으로 떨고 있었다.

"그리고 그딴 쓰레기를 사명감마저 불태우며 만들어내고
사용한 나는 더 심각한, 사상 최악의 쓰레기야!! 오물보다
못한 인간 말종 쓰레기!! 『기도 마법』은 얼어 죽을! 멍청하
게 인간의 영역을 훌쩍 뛰어넘어서 꼴사납고 우스꽝스럽게
탭댄스 춘 얼간이! 그 무식한 힘에 먹히고 파괴와 살육의
희열에 휘둘린 채로 내가 대체 얼마나 죄 없는 사람들을 죽
였는지 알아?! 정신 차려! 아하하하?! 『기도 마법』 끝에 뭐
가 있냐고?! 알려줄게! **아무것도 없어!** 힘에 빠지고, 힘에
취하고, 하염없이 힘을 추구하며 죽이고 파괴하고 사람을
잡아먹고, 먹고 또 먹고, 끝없는 살육과 폭거 끝에— 그 앞
에는 아무것도 없었어! 지키고 싶었던 친구도! 사랑하는 가
족도! 소중했던 고향도! 아무것도! 아무것도 없었다고! 아
무것도……! 나는…… 그저 마법이 좋았을 뿐인데……! 그
마법으로…… 내 소중한 사람들이 조금이라도 행복해지면
충분했어……. 그 전란과 혼돈의 시대에…… 한 명이라도
많이 지켜내면 충분했어……. 그저, 그뿐이었는데……! 그
런데…… 나는…… 흑…… 흐윽……! 우으……."

결국 시노는 울음을 터뜨렸다.

랜디도 세레피나도 애니도 뭐라고 말을 걸어야 할지 알 수 없었다.

시노가 《땅거미의 마왕》이었다고 해도 현실감이 없고, 그 것이 사실이라도 대체 그녀의 갈등과 고뇌에 뭐라고 말해 줘야 할지 알 수 없었다.

지금은 마법사 교과서에서나 볼 수 있는 머나먼 옛날이야기.

다만, 그녀가 바다보다 깊이 후회하고, 태산보다 큰 죄책 감에 짓눌리고 있다는 것은 알았다.

거기서 비롯된 자포자기의 감정, 무력감, 허무감. 그것이 그녀의 본질이었다.

아득히 먼 과거에 대체 무슨 일이 있었는가…… 세 사람 은 상상조차 할 수 없었다.

그래도 시노의 눈물이, 체면도 차리지 않는 울음소리가 그들의 영혼을 비수처럼 파고든다.

"시노……."

"……시노."

그녀의 고뇌와 갈등을 생각하자 무의식중에 그들의 눈에 눈물이 번진다.

"뭐, 그럴 줄 알았어요."

철두철미하게 거절당했는데 안나가 무덤덤하게 말했다.

"당신, 이상하게 의욕이 없었으니까요……. 우리 《기도파》 동료들 사이에도 말이 나왔어요. 이번 《땅거미의 마왕》은 더 이상 『기도 마법』을 탐구할 생각이 없는 게 아니냐고. 진리를 손아귀에 넣고 세계의 정점에 설 마음이 없는 게 아니냐고. 역시 그랬네요. 그러니까 스피어가 안 열리죠. 그런데 왜 얼마 전에 뜬금없이 스피어가 열린 거람……. 알다가도 모르겠네. 뭐, 일단 그 이야기는 넘어가죠."

안나가 어깨를 으쓱였다.

"사실 우리 《기도파》는 당신을 우리의 맹주로 추대할 계획을 포기했어요. 그러니까 당신이라는 존재를 구성하는 육체, 정신, 영체…… 그중 당신의 자아인 정신을 파기하기로 했답니다!"

"뭐……?"

"우후후, 그래도 안심하세요! 당신의 육체는 새로운 「마왕 유물」로! 당신의 영체는 『기도 마법』의 지식을 밝혀낼 교과서로! 다 함께 남김없이, 다 닳아 없어질 때까지 쓸 테니까요! 야아, 《땅거미의 마왕》은 버릴 게 없네요! 아, 마음은 필요 없었죠. 당신의 그 나약한 마음은 쓰레기보다 못해요."

그런 소리를 늘어놓는 안나에게 시노는 진심으로 공포를 느꼈는지 뒷걸음쳤다.

"일단 바로 죽일게요. 딱히 살아 있을 필요는 없으니까! 육체와 영체만 놓고 가주시면 돼요!"

안나가 시노에게로 천천히 걸어왔다.

"으…… 아……."

시노가 뒷걸음친다.

랜디도 세레피나도 애니도 움직이지 못한다.

너무나 압도적인 안나의 압박감에 위축되어 제자리에서 한 발짝도 뗄 수 없었다.

시노도 움직이지 못한다.

알고 있으니까. 지금 자신은 절대로 안나에게 이길 수 없다.

물론 전세의 《땅거미의 마왕》이었을 때 시노— 셰놀라와 비교하면 지금 안나의 힘은 하잘것없는 수준이다. 잔챙이. 개미보다 못한 존재다.

심연 최상위 72위의 『위대한 자』를 모두 완전하게 복종시키고 그 모든 힘을 동시에, 완벽하게 자기 것으로 삼아 제어한 《땅거미의 마왕》에게 이길 존재는 **유일한 예외**를 제외하고 있을 수 없다.

72위 중에서도 하위 서열인 《백면의 천사》 한 마리를 거느린 정도로 우쭐대는 안나와는 근본적으로 역량과 격이 다르다.

하지만— 지금은 아니다.

지금 안나와 비교하면 자신이야말로 개미보다 못한 존재다.

환생으로 잃은 강대한 마력, 세계마저 뒤덮는 막대한 규모의 스피어.

　지금 자신은 이 시대의 평균적인 초보 마술사의 영역에서 벗어나지 못한다.

　가까스로 영체에 새겨진 『기도 마법』 지식이 남아 있지만, 이렇게 마법적으로 빈약한 몸으로는 심연 최상위 72위^{클리포트}의 『위대한 자』 전부는 고사하고 《백면의 천사》 하나 장악하는 것조차 꿈같은 이야기다.

　'쭉, 죽어 버리는 게 낫다고 생각했어…….'

　뒷걸음질하며 시노가 생각했다.

　'쭉, 살아 있을 가치가 없다고 생각했어. 왠지 이렇게 환생했어도…… 이 세계에 나 같은 게 존재하면 안 된다고 생각했어……. 이 몸은 너무 많은 죄로 얼룩졌으니까…….'

　그럼 왜 지금까지 자살하지도 않고 뻔뻔하게 살아 있었는가.

　타성에 젖어 현세에 계속 빌붙어 있었는가?

　'그건…… 그때, 「그 남자」가…….'

　시노가 은인인 「그 남자」를 떠올리려는데…….

　왠지 대신 떠오르는 것은 릭스의 얼굴…… 그리고 이런 자신을 친구라고 받아들여 준 랜디, 세레피나, 애니의 얼굴이었다.

　"싫어…… 싫어……!"

그 순간, 시노는 맹렬하게 깨달았다.

"왜…… 대체 왜……?! 나…… 아직 죽기 싫어……! 나한테 살아 있을 자격은 없지만……! 죄로 얼룩졌지만…… 그래도……!"

"아하하, 안 돼요. 잘 가세요."

천사를 거느린 안나가…… 울면서 떠는 시노에게 천천히 손을 뻗은, 그때였다.

"잠……깐……."

릭스가…… 시노를 감싸듯 서 있었다.

두 동강 난 검을 들고, 부러진 뼈를 억지로 돌려서 휘청거리며 서 있었다.

"리, 릭스……?"

"어머…… 살아 있었어요? 질기네요~."

안나를 무시하고 릭스는 뒤에 있는 시노에게 드문드문 말을 걸었다.

"울지 마, 시노…… 울지 마……. 내가 어떻게든 해줄 테니까……."

"어떻게든, 이라니…… 어떻게……?"

"시노. 나…… 「인간」이 되고 싶었어."

갑작스럽고 의미 모를 화제 전환에 시노가 아무 반응도

하지 못했다.

"너, 전에 말했지? 나를 「인간인 척하려는 인형」이라고. 그래. 정확한 표현이야. 아마 그런 녀석들에게 **그런 식으로 설계돼서 그런 식으로 태어난** 거겠지……. 누가 명령하는 대로 계속 사람을 죽이는 살육 인형…… 그게 나였어. 나는 인형이었으니까, 거기에 내 의지 같은 건 없었지……. 그때, 블랙이 주워줄 때까지는."

"……."

"나를 주운, 그 녀석…… 나한테 이렇게 말하더라. 「그럼 명령이다. 앞으로 인형처럼 살지 마. 억지로 연기해도 되니까 자기 의지를 가진 인간처럼 행동해」라고. 웃기지? 지금의 나, 릭스 프레스탯은 그렇게 태어났어."

"……."

"그래도 이해할 수 없었어. 릭스 프레스탯으로서 인간답게 행동하면서도 인간이 뭔지 전혀 알 수 없었어. 그래도 인간은 행복을 바란다고 하니까…… 나는 이 학원에 온 거야. 그리고 이 학원에서…… 너희와 매일 함께 지내면서…… 뭔가, 조금 알 것 같은 기분이 들어…… 인간이 뭔지."

"릭스……."

"아직 짧은 기간이지만, 다 함께 매일 즐겁게 떠들다 보니…… 뭐랄까, 이 가슴 안쪽으로 느끼는 이 따뜻하고 이상한 감각이…… 인간이 아닌가 싶어. 너희와 만나서 다행이야. 인형인 나치고는 선방했어. 너희를 위해서라면 뭐든 할 수 있을 것 같고, 뭐든 해주고 싶어. 인간 흉내가 아니라, 정말로. 나도 조금은 인간이 될 수 있을지 몰라. 그러니까…… 후회는 안 해. 나…… 너희를 지키기 위해서, 기꺼이 인간이길 포기할게. 후회 안 해.”

“릭스…… 잠깐, 너……?! 대체 뭘……?!”

당황하는 시노를 무시하고 릭스는 눈을 가늘게 뜨며 중얼거렸다.

“「설정」. 「말살 대상: 안나 강사」. 「단, 그 외 인물은 무조건 제외. 이 금제를 위반할 시 즉시 자해 실행」. 「—명령 실행」.”

칼끝에—「빛」이 보였다.

제10장 비장의 수

캠벨 스트리트 교외 지역.

이계화 결계 경계 부근에서.

"쳇……."

이변을 보고받고 달려온 다르윈이 경계를 뚫고 이계로 침입하려고 결계 장벽에 손을 대며 다양한 마법을 펼쳤다.

조금만 더 하면 억지로 열 수 있을 것 같지만, 아직 시간이 더 필요했다.

"나는 굼벵이야……."

다르윈이 짜증을 내면서 마력을 더 많이 불어넣었다.

"조바심 내지 마, 다르윈. 늘 너에게 스파르타 교육을 받는 학생들이야. 혼돈의 짐승 정도로 큰일이 생기지는 않아."

그것을 보조하는 크로포드가 다르윈을 달래며 말했다.

"흥. 아직 굼벵이에 우둔한 햇병아리에 불과한 신입생들도 있다. 게다가 정황상 《기도파》 상위 멤버가 움직인 게 확실해. 이유는 알 수 없지만, 고든의 기억으로 그 멤버가 시노 화이나이트를 노린다는 점도 판명됐다. 틀림없이 지금 시노 화이나이트는 《기도파》에게 습격받았겠지. 아마 이미 늦었을 거다. 내가 있으면서 이게 무슨 추태인가……."

"어쩔 수 없어. 완전 비밀 조직인 《기도파》와의 싸움은 언제나 사후 대처야……. 게다가…… 어쩌면 의외로 해결될지도 몰라."

"무슨 뜻이지?"

크로포드의 말에 다르윈이 미간을 찌푸렸다.

"시노 화이나이트와 함께 외출 허가를 받은 그룹 중에 릭스 프레스탯이 있었어. 그 학생은 시노 군과 동행했을 가능성이 커."

"그 스피어도 못 연 일반인 굼벵이가 대체 뭘 할 수 있다고?"

"그거 말인데…… 나는 릭스 군이 진작 스피어를 열었을 거라고 생각해."

"무슨 말이냐……?"

결계 돌파 작업을 계속하면서 다르윈이 물었다.

"말 그대로야. 그냥 그 스피어가 밖으로 전개되지 않고 완벽하게 자기 내계…… 안쪽에 갇힌 채 완성돼. 있잖아? 역사상…… 가끔 그런 특이한 스피어를 가진 인간이."

"『에고』 말인가……."

다르윈의 답에 크로포드가 고개를 끄덕였다.

"하지만 그게 어쨌다는 거지? 스피어가 밖으로 열리지 않는 한 결국 마법은 쓸 수 없다. 결국 『에고』는 평범한 인간이야. 절대로 마술사가 될 수 없어."

"그래. 하지만 세계로 감각을 펼치는 마술사와 달리 자신이라는 작은 세계에서 완벽하게 완성되는『에고』는 정체 모를 기묘한「기술」에 각성할 때가 있어. 마술사가 자기 스피어 내 세계에서 전능하다면『에고』는 자기 자신만의 전능성에 특화했다는 뜻이야. 그러니까 마법식도 없이, 세계의 법칙도 섭리도 관계없이 자기 내계와 심상의 발로로 이 세계에 펼치는「기술」에 눈뜨는 거야. 그러고 보니까 있잖아? 역사상 그런 인물이. 마술사도 아닌 그냥 인간 주제에…… 사상 최강, 최악의 마술사《땅거미의 마왕》을 단 한 자루의 검으로 타도한, 초인 같은 녀석이……."

"《여명의 검사》……."

"그래."

다르윈의 답에 크로포드가 진지하게 고개를 끄덕였다.

"릭스 군은 검으로 절대 이길 수 없는 상대를…… 고든 군을 이겼어. 절대로 검에 꺾이지 않을 상대를 꺾은 거야. 희망적 관측이지만…… 아주 조금 그 학생에게 기대해 봐도 되지 않을까?"

"흥, 헛소리."

그때, 다르윈이 이계화 결계의 장벽 한 곳을 파괴했다.

마침내 결계 내부로 침입할 입구가 생긴 것이다.

"간다. 결계 안에서 혼돈의 짐승을 모조리 소탕하며 주민과 학생들을 구조한다. 그리고 《기도파》를 처리한다. 인간의 영역을 넘어선 대가를 치르게 해주마. 허튼 희망적 관측 따위 필요 없어."

"네~, 네~, 알겠습니다. 아, 귀찮아……."

이리하여 다르윈과 크로포드가 결계 안으로 발을 들였다—.

————.

붉은 열매가 하나.

둥근 열매가 둘.

작은 열매가 셋.

우리가 사랑한 엔드야드 숲에서.

새끼 여우, 울었다.

"뭘…… 뭘 보고 있는 거야……? 나는……!"

안나는 눈앞에 펼쳐진 광경에 넋이 나가 버렸다.

아무것도 믿을 수 없었다.

안나가 소환한 상위 존재 《백면의 천사》가— 싸우고 있다.

자신의 스피어를 그릇으로 소환한 《백면의 천사》는 또 한 명의 안나 자신이었다.

안나와 표리일체의 존재— 안나의 외적 측면^{페르소나}이라고 해도 좋다.

그래서 안나는 《백면의 천사》를 자기 수족처럼 움직이고, 위대한 마법의 힘을 자유롭게 행사할 수 있다.

오감까지 《백면의 천사》와 공유했다.

《백면의 천사》가 안나의 생각대로 싸우는 것은 당연했다.

문제는— **싸움이 된다는 것**이다.

"……."

릭스가 반으로 부러진 검을 들고 엄청난 속도로 《백면의 천사》에게 덤벼들었다.

《백면의 천사》가 만지지 않고도 자유롭게 조종할 수 있는 총 여섯 자루의 창.

위에서 번개처럼 내리찍고, 좌우에서 회오리처럼 휘두르고, 아래에서 하늘로 올려 찌르는, 눈에도 보이지 않을 속도의 연격.

릭스는 그것을 전부 피하고, 검으로 막고, 쳐 내고—.

찰나의 순간, 《백면의 천사》 안쪽으로 파고들어—.

그리고 신속(神速)의 검을 휘두른다.

그 칼끝에— 「빛」이 터졌다.

마치 황혼 같은 금색 궤적이었다.

인간의 몸으로 가능할 리 없는 속도였다.

빛의 궤적은 천사의 오른팔로 이어져— 베었다.

"크으으으으으으?!"

그 순간, 천사가 상처를 입은 곳과 똑같은 부위, 안나의 오른팔이 찢기며 피가 튀었다.

기도 마법으로 소환한 《백면의 천사》는 안나의 외적 측면.^{페르소나}

즉, 또 다른 안나 자신.

그래서 계약자 본체로 피해가 반영된다.

《백면의 천사》가 입은 피해는 동시에 안나의 피해가 된다—.

"그딴 건 아무래도 좋아! 그딴 건!"

안나가 소리쳤다.

《백면의 천사》가 창으로 릭스를 맹렬하게 찌른다.

릭스는 앞으로 파고들어 검으로 창을 받아 흘리며 피아의 간격을 없앤 뒤—.

마속(魔速)의 검으로 벤다.

다시 그 칼끝에 「빛」이 터졌다.

팟!

《백면의 천사》는 흉부가 찢기고— 안나의 흉부에 다시 피꽃이 피었다.

"아아아아아아아아악—?!"

《백면의 천사》가 참지 못하고 마구잡이로 창을 휘둘러 댔다.

릭스는 기계처럼 정확하게 창을 받아치며 후퇴했다.

곧 허점을 찾듯 《백면의 천사》 주위를 오른쪽으로, 한 걸음마다 사라지는 것 같은 속도로 돈다―.

"뭐야…… 뭐야, 뭐냐고?! 그 시건방진 검술은, 말도 안 되는 신체 능력은 아무래도 상관없어! 왜! 왜…… 단순한 「검」이! 내 천사에게! 상위 존재에게……『위대한 자』에게 통하는 거야?!"

그렇다. 문제는 그것이었다.

릭스의 검은 평범한 검이었다.

시노가 부주한 마력은 진작에 끊겼다.

설령 끊기지 않았어도 지금 시노가 부주한 마력으로는 상위 존재인 천사에게 아무 피해도 주지 못한다.

심지어 릭스의 검은 절반이 부러졌다. 쓸모없는 무기다.

그런데도―.

"아아아아아아아아아아아아아악―!"

천사가 날개를 퍼덕여 폭발적으로 가속해, 뒤로 돌아가던 릭스의 등을 포착했다.

이미 인간이 대처할 수 있는 속도가 아니었다.

그 심장을 받아 가려고 창 여섯 자루가 릭스를 내려친다.

그 찰나, 릭스가 시야에서 사라졌다.

휘날리는― 「빛」의 궤적.

릭스는 다시 천사의 등 뒤로 가 있었다.

푸확!

천사의 옆구리가 깊이 찢겨 있었다.

"아악?! 아윽?!"

안나가 빨갛게 물드는 자기 옆구리를 잡으며 고통에 신음했다.

"왜…… 왜?! 마술사의 신체 강화와 스피어를 훨씬 뛰어넘는 상위 존재의 마법적 방어를…… 어떻게 이렇게 쉽게 돌파해?! 심지어…… 마법도 마력도 아닌…… 그냥 검으로?! 그 「빛」은 뭐야?! 그 「빛」은, 대체 뭐냐고오오오오오오오오오오오오오오오오오오오오오오오오오오오오오오오오—?!"

"……."

대답은 없었다.

릭스는 아무 말 없이 담담하게, 한 줄기 바람처럼 천사에게 접근한다.

내뻗치는— 「빛」의 궤적.

"아아아아아아아아아아아아아아아아아아아악—?!"

천사가 가차 없이 찢겨 나가고 안나가 비명을 질렀다.

"대, 대단해…… 릭스 저 녀석……."

랜디가 천사를 압도하는 릭스를 넋 놓고 바라봤다.

“응…….”

애니도 천사를 난자하는 릭스를 멍하게 바라봤다.

“이게 릭스의 힘인가……! 그래, 내 눈은 틀리지 않았어……! 훌륭하다! 역시 릭스야말로 나의 패도에 반드시 필요한 사내야!”

세레피나는 고속 이동으로 전후좌우에서 천사를 베는 릭스를 보며 그렇게 확신했다.

확신했지만…….

“하지만…… 뭐지……? 이건 뭐냔 말이다……?”

세레피나는 「빛」을 봤다.

릭스가 휘두르는 칼끝에 깃든 「빛」을.

마치 아무것도 없는 황야에 홀로 고독히 바라보는 황혼 같은 금색 「빛」.

눈이 멀 것처럼 부신데…… 결코 빛나지 않는 금색.

그렇다. 그 「빛」은…….

“어쩜 이리도…… 위태로운 것이냐…….”

세레피나가 그렇게 말을 쥐어짰다.

“이게 대체, 어찌 된 영문이냐……? 릭스의 저 「빛」을 보고 있자면…… 왠지, 눈물이 멈추지 않아…….”

“나도 그래……. 왠지…… 릭스가 이대로 사라질 것만 같아…….”

이유 모를 불안을 느끼며 세레피나와 애니의 눈가에 눈

물이 고이는데…….

"《여명의 검사》……."

갑자기 시노가 그런 말을 중얼거렸다.
"어?"
"과거…… 《땅거미의 마왕》이었던 나를 해치운 유일한 인
간이야. 「그 남자」—《여명의 검사》가 휘두른 칼끝에도……
저런 「빛」이 깃들었어. 어떤 마법이라도 갈라 버리고, 어떤
마법적 방어도 돌파하는 「빛」. 순간적으로 빛의 속도도 넘
어서는 신속의 검광. 저 「빛」 앞에서 옛날 내가 도달한 『기
도 마법』 최고의 오의— 심연^{클리포트} 최상위 72위의 『위대한 자』들
은 하나같이 무력했어."
　물론—《여명의 검사》가 휘두르는 「빛」은 겨우 이 정도가
아니었지만.
　더 빠르고, 더 힘차고, 신성하고, 눈부시고, 아름답고, 보
는 이에게 희망을 주는, 여명처럼 「눈부신 은색」이었지만.
　이런…… 보기만 해도 가슴이 괴로워지는, 고독하게 어두
운 밤으로 향해 가는 황혼처럼 「빛나지 못하는 금색」이 아
니었지만.
　아마 릭스와 《여명의 검사》의 숙련도와 내면의 차이일 것
이다.

하지만 틀림없이 릭스와 《여명의 검사》가 휘두르는 「빛」
은 본질적으로 같았다.

"뭐······?!"

"대, 대체 정체가 뭐냐? 저 「빛」은?"

"······몰라."

시노가 고개를 흔들었다.

"내가 아는 건······ 저게 마법이 아니라 평범한 인간의 「기
술」이라는 것. 스피어가 자기 내계에 완전히 갇힌 인간—
『에고』. 그 심상, 내면의 발로라는 것. 그리고— 「벤다」보다
는 오히려 「연다」에 가깝다는 것."

그때였다.

"인. 정. 못 해애애애애애애애애애애애애애애애애애—!"

안나가 소리쳤다.

이미 천사는 너덜너덜하게 난자당했고— 안나도 온몸이
찢어져 피투성이였다.

"『기도 마법』은 훌륭해! 이 세계에서 가장 진리에 가까운—
나처럼 선택받은 자가 아니면 익힐 수 없는 숭고한 마법이
야! 그런데! 그런데! 그런데! 네 그 미천한 검에! 투박한 검
에! 지성이라곤 찾아볼 수도 없는, 마법조차 아닌 궁상맞은
「기술」에! 이런 식으로 당할 수는 없어어어어어어어어어어

어어어어어어어어어어어어어어어어어어어어어어—!"
　그런 안나의 절규에 반응한 것처럼.

　쿵!

　천사의 온몸에서 어마어마한 마력이 피어올랐다.
　지금까지의 천사가 단순한 날벌레로 보일 만큼, 숨이 막힐 정도로 폭력적인 마력과 존재감.
　"아하, 아하하하하?! 이제 됐어! 다 필요 없어! 지금까지는 시노 양이 말려들까 봐 봐줬지만! 숭고한 『기도 마법』을 이렇게까지 능멸한다면……! 마술사의 긍지를 걸고, 그냥은 못 넘어가요……! 불살라 주겠어! 이 하찮은 도시째로! 전부 불살라 주겠어……!"
　안나가 주문을 외기 시작했다.

　"『아아, 이 종말에 어둠이 찾아오네, 깊은 어둠이, 짙은 어둠이』."

　그에 반응해 천사의 머리 위로 어둠이, 어둠이, 어둠이 모여든다.

　"『주여, 긍휼히 여기소서, 위로하여 주소서, 길 잃은 어린

양들에게 구원의 손길을 내미소서」.”

　그 어둠은— 검은 불이었다.
　현세의 섭리와는 다른 원리로 타오르는 성유계의 불이었다.

　“「그때, 세 번째 나팔 소리와 함께 신의 심부름꾼이 이르
시되」.”
　“「허무가 바로 구원이노라, 위대한 심연에서 내미는 구원
의 손길이노라」.”
　“「그러므로 주님이 보내신 나는 안녕을 안겨줄 자비로운
검은 불로 이 세계에 죽음과 정적의 구원을 내리리라」.”
　“「심부름꾼은 검게 빛나고 순결한 검은 불로 옷 입을 것
을 허락하시더라」.”
　“「이 검고 순결한 불은 신도들의 기도이자 올바른 행하심
이도다」─.”
　이것이, 이것이 바로『기도 마법』이다.
　상위 존재『위대한 자』─ 그들의 지식을 이용하는 것, 그
들을 체현하는 신비와 신화를 재현하는 것이 바로—『기도
마법』의 본질이다.
　그리고 보기만 해도 알 수 있었다.
　저것은, 저 천사의 검은 불은 파멸 그 자체다.
　저것이 해방되는 순간, 이 도시는 멸망한다.

모든 것이 영혼에 이를 때까지, 근원에 이를 때까지 불태우는— 그런 절망적인 불.

그 검은 불덩이가— 천사의 머리 위로 모여들어 점점 거대해진다—.

"저, 정말로…… 저걸……?!"

"저건 아무리 릭스라도……. 큭, 여기서 끝인가……?!"

그것을 본 랜디와 세레피나, 애니가 공포에 떨었다.

하지만— 그런 세 사람을 안심시키려는 것처럼 시노가 말했다.

"괜찮아. 릭스를 믿어."

그리고, 그때였다.

"죽어어어어어어어어어어어어어어어어어어어어어—!"

안나가 마력을 해방했다.

천사가— 머리 위의 폭력을 해방한다.

심연보다 짙고 깊은 어둠의 불은 격류가 되어 릭스를 덮쳤고—.

"……."

거기에 대항해 릭스가 검을 머리 위로, 천천히 들어 올렸다.

곧— 쏟아져 내려온 검은 불을 향해 한 걸음 내디딘다.

시노는 그런 릭스를 왠지 그리운 눈길로 바라보며 말했다.

"옛날에…… 나는 나를 죽인 저 빛의 궤적에 이름을 붙였어. 나라는 인류 사상 최강, 최악의 마술사…… 그런 초대형 조커에 대항할 인류 마지막 희망이자 비장의 수—."

"【라스트 카드】."

시노가 그렇게 말한 순간.
릭스가 신속의 돌진과 함께 높이 치켜들었던 검을— 내리친다.

세계에 「빛」이 터진다.

눈부신 빛의 궤적이 다가오는 어둠의 불을 좌우로 가르고— 그대로 천사까지 갈라 버렸다.

"꺄아아아—?!"

울려 퍼지는 안나의 비명.
소멸하는 천사.
그토록 절망적이던 싸움이 이리도 허무하게 막을 내렸다—.

────.

전부 끝난 뒤.

"해치웠나……?"

랜디의 말에는 아무도 답하지 않았다.

"아…… 으…… 으아……."

안나는 살아 있는 모양이었다.

피투성이가 되어 대자로 뻗어 있었다.

또 다른 자신이라고 할 수 있는 천사가 파괴됐다.

더 이상 싸울 수 없는 것은 확실했다.

"……."

그리고 릭스가 그런 안나 쪽을 보고 있었다.

일행들에게 등을 돌린 채 말없이 서 있었다.

"릭스……. 야, 야……?"

랜디가 릭스에게 말을 건 순간.

슥…….

릭스가 쓰러진 안나를 향해 걸음을 뗐다…… 검을 쥔 채.

일동에게 소름이 퍼졌다.

직감한 것이다. 지금부터 릭스가 대체 뭘 할지.

"안 돼애애애애애애애애애애!"

시노가 외쳤다.

"못 하게 해! 다시는 못 돌아올 거야!"

그런 시노의 외침에 등을 걷어차이기라도 한 것처럼 랜디, 세레피나, 애니가 뛰쳐나갔다.

"야, 릭스! 멈춰! 정신 차리라고, 인마!"

랜디가 릭스의 등 뒤에 달라붙었다.

"릭스! 네 덕분에 살았어! 그래도 안 돼! 돌아와! 부탁이야! 이 이상은……!"

애니가 릭스의 허리에 매달렸다.

"릭스! 멈춰라! 이미 끝났다! 끝났단 말이다! 여기서 더 나아갈 필요는 없어! 릭스! 듣고 있나?!"

세레피나가 검을 쥔 릭스의 팔을 잡았다.

세 사람이 릭스를 멈추려고, 되돌리려고 안간힘을 썼다.

하지만— 꼼짝도 하지 않았다.

마치 아무에게도 잡히지 않은 것처럼 평범하게 안나에게 걸어갔다. 세 사람이 끌려간다.

"야! 릭스! 장난치지 마! 그렇게까지 할 필요 없잖아!"

랜디가 릭스를 때려도, 애니가 【수면】 마법을 걸어도, 뭘 어떻게 해도 릭스는 멈추지 않는다.

치명적인 최후를 향해서 담담하게 걸음을 옮긴다…….

"릭스!"

시노가 릭스의 정면으로 나와서 버팀목처럼 매달렸다.

당연히 꼼짝도 하지 않았다. 릭스의 걸음에 아무런 지장도 주지 못했다.

"제발 그만 해! 너, 정말로 인형으로 돌아갈 생각이야?! 인간이 되고 싶은 거 아니었어?! 행복해지고 싶었던 거 아니었냐고?! 말 좀 해 봐!"

들지 않는다. 릭스의 귀에는 들리지 않는다.

시노는 그저 치명적인 예감만이 들었다.

지금 릭스가 사람을 죽이면 릭스는 완전히 무너진다.

두 번 다시— 인간으로 돌아오지 못한다.

왜냐하면 「인형」이 자기 의지와 관계없는 명령을 기계적으로 수행하고 「완수」한다. —그것은 자신의 인간성을 부정하는 행위니까.

자신이 「인형」이라는 명확한 증명이니까.

말이 힘을 가지고, 계약이 강제력을 지니는 마술사의 세계에서 그것은 돌이킬 수 없는 행위였다.

"멈춰! 제발! 멈춰! 멈추라니까! 장난치지 마, 바보야!"

그때, 시노는 자기가 외치는 소리를 듣고 정신이 들었다.

'나…… 뭐 하는 거야?! 왜 평범한 여자애처럼 소리치고 있어! 생각해! 나는 《땅거미의 마왕》이잖아?!'

더는 시간이 없다.

이미 안나는 릭스의 바로 코앞에 있었다.

몇 초도 지나지 않아서 안나에게 도착해— 무자비하게 그 검을 정수리에 내려친다.

「안나를 죽인다」— 그 자기 명령이 완결되면 영영 끝이다.

　두 번 다시 릭스의 자아는 원래대로 돌아오지 않는다—그런 치명적인 확신만이 있었다.

　그 촉박한 시간 속에서— 시노는 필사적으로 머리를 굴렸다.

　'정말로 구하고 싶으면 마술사답게 생각해! 생각을 포기하지 마! 릭스가 「그 남자」와 같은 『에고』라면…… 분명 릭스는 자신의 닫힌 스피어를 제어하지 못하고 있어! 열렸는데 깨닫지 못하고 제어하지도 못하는 가장 까다로운 상태! 그래서 암시로 자아를 깊이, 자신의 내계에 갇힌 스피어 아래로 가라앉혀 미리 설정된 명령을 자동으로 실행하는 「인형」이 되지 않으면 빛의 궤적을 쓸 수 없어…… 여기까지는 틀림없을 거야! 그리고 지금은 고든과 싸웠을 때와는 비교가 안 될 만큼 깊이 가라앉았어! 그럼 어떻게 닫힌 스피어 밑바닥에 가라앉은 릭스의 자아를 끌어올리지?! 어떻게 하면…… 대체 어떻게 하면……?'

　시노는 생각했다.

　생각했다.

　생각했다.

　생각하고, 생각하고, 생각하고.

　그리고— 무자비하게 유예는 끝났다.

———————.

"……."

마치 시간이 멈춘 것 같은 정적이 주변을 채우고 있었다.

랜디가, 애니가, 세레피나가 눈을 동그랗게 뜨고 굳어 있었다.

왜냐하면— 시노가…… 릭스와 입술을 포갠 탓에.

사랑하는 연인에게 하는 것처럼 릭스의 목에 팔을 감고서.

까치발을 들고.

릭스에게 강하게 입술을 밀착시키고 있었다.

릭스의 움직임은…… 멈췄다.

"나도 비장의 수…… 꺼냈어."

곧 시노가 살며시 릭스의 가슴을 밀어 떨어졌다.

"마법 이론적으로는…… 네 자아는 네 내계에 갇힌 스피어 아래로 깊이 가라앉고 있었어. 네 스피어는 열려 있지만 외계로 열리지 않고 내계로 닫힌, 굉장히 드물고 특수한 상태야. 그런『에고』상태의 너에게서 가라앉던 자아를 끌어올리려면…… 일시적으로라도 네 스피어의 폐쇄적인 자기 완결성을 깨야 해. 그러면 나는 내 스피어를 통해 네 자아를 끌어올릴 수 있어. 그리고 너의 자기 완결성을 깨기 위한 가장 간단한 방법은……「타인의 일부를 자신의 체내로 받아들이는 것」. 음…… 그…… 뭐, 방법은 이것저것 있지만……
이 상황에서 가장 빠르고 쉽게 할 수 있는 건…… 그…….”

평소대로 가면 같은 시노가 묻지도 않은 해설을 살짝 빠르게 늘어놓던 그때…….

“……뭘 그렇게 어렵게 설명해?”

릭스가 나지막이 중얼거렸다.

“「인형이 여자아이의 키스로 인간이 됐다」…… 그냥 그거면 됐잖아.”

그리고 쑥스럽게, 멋쩍게 머리를 긁적였다.

완전히, 정신이 돌아왔다.

“흥. 그래서 네가 소름 돋는다는 거야…… 바보야.”

팔짱을 낀 시노가 콧방귀 뀌며 고개를 획 돌렸다.

평소대로 말은 얼음처럼 쌀쌀맞았다. 날카로운 맛이 일품이다.

하지만 삐친 듯한 그 얼굴은 발그레했고, 눈에는 눈물이 고여 있었다.

그리고.

“릭스ㅇㅇㅇㅇㅇㅇㅇㅇㅇㅇㅇ—!”

“릭스!”

“이 녀석이, 걱정이나 끼치고 있어!”

“으앗?!”

친구들이 다시 일제히 릭스에게 매달렸다.

"자, 잠깐만?! 그, 그러고 보니 나, 당장 죽고 싶을 만큼 중상이라서, 크아아아아아아아아아아아아아아아아아?!"

친구들 사이에 낀 릭스가 비명을 지르면서, 《기도파》가 일으킨 이번 소동은 겨우 막을 내렸다―.

종장 이어지는 내일

나는 마법을 좋아했다.

마법의 힘은 신기하고 아름답고 재미있다.

모두 깜짝 놀라고, 그리고 웃어준다.

대단하다고 칭찬해 준다. 고맙다고 감사한다. 머리를 쓰다듬어 준다.

나는…… 그런 마법을 정말 좋아했다.

그래서 나는 마법을 열심히 공부했다.

마법으로 사람들을 웃게 해주고 싶었다.

그래도— 이 세상은 혼돈과 전란의 시대.

약자는 잡아먹히고, 강자가 힘을 과시하는 그런 시대.

그래서 나는 마법의 힘으로 싸웠다.

사랑하는 가족을 지키기 위해. 좋아하는 친구들을 지키기 위해. 소중한 고향을 지키기 위해.

적어도 내 손이 닿는 곳에서나마 사람들의 웃음을 지키려고.

약해서 부조리하게 죽을지 모를 사람들을 지키기 위해.

나는 좋아하는 마법으로 계속 싸웠다.

그리고— 지키기 위해, 웃음을 지키기 위해 나는 힘을 추구했다.

더 강한 힘을.

더, 더 강한 힘을.

이 세계는 힘이 없으면 아무것도 지킬 수 없다. 힘이 없으면 아무도 웃을 수 없게 된다.

아무리 분전해도 나의 소중한 사람들이 한 명, 또 한 명……내 손에서 떨어져 나갈 때마다…… 나는 힘을 추구했다.

다음에야말로 지키고 싶다는 소원을 담아서, 더욱 힘을 추구했다. 계속해서 추구했다.

힘을 얻어도 소중한 사람을 잃고. 더 강한 힘을 얻어도 또 소중한 사람을 잃고.

그래도 울면서, 더욱 힘을 추구했다.

그런 일이 반복되고, 반복되고, 반복되다가…….

언제부터였을까?

어느샌가— 나는 그저 힘을 추구할 뿐인 《땅거미의 마왕》으로 변해 있었다.

눈물은 진작 말라 버렸고, 수단과 목적이 완전히 뒤바뀌었다.

힘을 얻는 쾌락에, 높은 경지에 도달하는 고양감에, 타인을 찍어 누르는 희열에 취해 있었다.

약자를 죽이고 생명을 먹어 치워 더 큰 힘을 얻는다.

그러기 위해 더 많은 전란을 일으키고, 대학살과 대파괴를 반복하고, 더 큰 힘을 얻으면 또 그걸 반복한다.

이미 나에게는 지킬 사람도, 웃어줬으면 하는 사람도, 아무도 남지 않았는데.

돌아갈 고향은 진작 멸망해 버렸는데.

나는 힘을 원해서 죽이고, 죽이고 또 죽여서 이 세계를 먹어 치우고 있었다.

그리고 이런 나를 해치우려고, 이 암흑의 세계를 구하려고 의분에 불타서 도전하는 마술사들을 모조리 해치워, 다시 잡아먹고 더 힘을 키웠다.

하지만 그러던 어느 날.

갑자기 「그 남자」가— 내 앞에 나타났다.

『나는 너를 구하러 왔어.』

구해? 네가? 나를? 왜?

『너는 울고 있잖아. 예전부터 계속, 계속 울고 있어.』

안 울어. 너, 어디 이상해? 소름 돋아.

『울고 있어. 너는 전부 죽이면서, 먹으면서, 항상 울고 있어. 눈물을 흘리지도, 목소리를 내지도 못하고.』

『항상 울음을 터뜨린 아이처럼 소리치고 있어……. 「누가 좀 구해 줘」라고. 「누가 날 막아 줘」라고. 나는 알아…… 감이지만.』

그럴 리가 없어. 나는 살육과 파괴의 희열을 얻으려고 전부 죽이고 먹었을 뿐이야.

뭘 안다고 떠들어……. 너, 정말 순수하게 소름 돋아. 죽고 싶어?

『너는, 더는 울지 않아도 돼. 그러려고…… 내가 왔으니까.』

그렇게 말하고 「그 남자」―《여명의 검사》는 내 앞에서 검을 뽑았다.

그래서 나는 이 마술사조차 아닌, 평범한 인간 주제에 나에게 대적하는 멍청하고 재수 없는 검사를 없애려고 72위의 《위대한 자》를 소환했다.

그리고― 깨달았다.

사투 끝에 72위의 《위대한 자》가 전부 패하고.

기어코 내 몸에 「그 남자」의 빛나는 검이 꽂힌― 그 순간.

아아…… 정말로 나는 구원받았다고.

마침내 이 지옥이 끝난다고.

나는 바다보다 깊이 그렇게 깨달았다.

그리고— 모든 것이 끝난 뒤.
사라져 가는 나에게「그 남자」는 말했다.

『너는 죄를 지었어. 이 세계는 너를 절대로 용서하지 않아.』
『하지만 내가 단죄했어. 이번 생에서 지은 죄는 내가 씻었어.』
『다음 생은 즐겁게 살아. 진정한 의미로 행복해져.』
『한 번 더 초심으로 돌아가서, 좋아하는 마법을 다시 배워보는 것도 괜찮지 않을까?』
『이번에야말로 사람들이 웃을 수 있도록.』
『괜찮아. 너라면 분명 할 수 있어.』
『가능하다면…… 다음 생의 네가 자연스럽게 남에게 손을 내밀 수 있는, 그런 다정한 여자애로 태어나기를…… 나는 진심으로 빌고 있어.』
『안녕…….』

그것이— 전생의, 《땅거미의 마왕》이었던 나의 마지막 기억—.

―――――.

"다시 말해! 릭스 군! 너는『에고』였다!"

학원장실에 제이크 학원장의 열정적인 고함이 울려 퍼졌다.
"으음…… 그래서 그게 무슨 말이죠?"
"열렸는데 닫힌 매우 희귀한 스피어를 가졌다는 말이지! 너의 존재는 아직 밝혀지지 않은 부분도 많은 스피어의 해명과 연구에 크게 공헌할 것이 틀림없다! 게다가 너는 그 《여명의 검사》가 사용한 빛의 궤적도 한정적으로 사용할 수 있다고 하더군! 솔직히 나도 마술사로서 너에게 지대한 관심이 있다! 역시『일각 여신의 지명부』는 틀리지 않나 보군!"
제이크 학원장에 이어 다르윈과 크로포드도 한마디씩 했다.
"흥. 마음에 안 들지만, 저 굼벵이에게 어느 정도 마법적 가치가 있는 건 확실하군요."
"그나저나 정말로 그『에고』였다니……. 마법계가 떠들썩해지겠어."
그런 강사진에게 릭스가 질문했다.
"저기, 결국 저는 어떻게 되는 거죠?"
"음! 너는 재야에 묻어 두기에는 너무 아까운 인재다! 그리고 학원에 재적할 최소 조건인「스피어 개방」도 일단 통과했지! 그러니까 보류 중이던 퇴학 처분은 철회다! 축하한다! 현 시각부로 너는 정식으로 에스토리아 마법 학원의 학생이 됐다!”

“쳇…… 저는 아직 납득하지 못했습니다.”

“야야, 다르윈. 너무 그러지 마. 릭스 군이 범인을 해치워 준 덕분에 【이계화 결계】가 빨리 해제됐고 피해도 경미한 수준에 그쳤잖아? 그거 좀 인정해 준다고 어디 덧나?”

“그것과 이건 별개의 문제다. ……뭐, 학원의 결정이라면 따르겠지만.”

얼떨떨해하는 릭스 앞에서 강사들은 저들끼리 대화를 이어갔다.

가슴 안쪽에서 부글부글 끓어오르는 기쁨에 릭스가 주먹을 꽉 쥐었다.

“그 말은—! 저도…… 저도 마술사가 될 수 있다는 거죠?!”

희망과 환희에 찬 표정으로 릭스가 그렇게 외친 순간이었다.

“아니! 그건 안 되겠지!”

“턱도 없는 소리 하지 마라, 굼벵이.”

“아, 그건 어렵지 않을까…….”

제이크 학원장, 다르윈, 크로포드가 입 모아 부정하자 릭스의 눈이 동그래졌다.

“『에고』는 엄밀하게 정의하면 마술사가 아니다! 그냥 인간이지!”

"애초에 세상이 뒤집혀도 『에고』는 마법을 쓸 수 없다. 어디까지나 마법 같은 「기술」을 쓸 수 있을 뿐이지. 당연히 마술사와 싸울 때 네놈은 기본적으로 무력하다. 고든과 싸웠을 때처럼 되고 싶지 않거든 명심해라."

"그리고 마술사 자격인 『에스토리아 공인 4급』을 딸 때는 실기 시험도 있으니까…… 아무래도 합격은 불가능하지."

릭스가 입을 뻐끔거리는데 제이크가 다가와서 릭스의 어깨를 툭 두드렸다.

"하지만 너무 낙담하지 마라! 학원이 너라는 희귀한 존재를 중요시할 건 틀림없다! 지금 너의 『에고』는 미성숙하고, 잘못 사용하면 자아가 붕괴할 위험성이 따르지만…… 연구도 겸해 이 분야의 전문가를 네 전속으로 붙여주마! 언젠가 그 《여명의 검사》처럼 『에고』를 자유자재로 다룰 수 있게 노력해 봐라! 그러면 비관할 이유는 털끝만큼도 없지! 마술사는 될 수 없어도 장래의 가능성은 얼마든지 열릴 거다!"

"그렇지…… 예를 들어 용병, 직업 군인, 모험가, 마물 헌터, 현상금 사냥꾼, 마법 사냥…… 전투 전문직이라면 분명 너도나도 데려가려고—."

"싫어어어어어어어어어어어어어어어어어어어어—!"

학원장실에 릭스의 비통한 외침이 울려 퍼졌다.

————.

"뭐, 일단 학원에 머무를 수 있으니까 잘됐네."

다음 수업이 있을 교실로 이동하던 중, 랜디가 무겁게 늘어진 릭스의 어깨를 두드리며 위로했다.

"반드시 마술사가 되고 만다…… 반드시 마술사가 되고 만다…… 반드시 마술사가 되고 만다…… 반드시 마술사가 되고 만다…… 반드시 마술사가 되고 만다……. 나는 마법을 못 쓰는 마술사가 될 거야……! 반드시……!"

"이, 일단…… 장래는 나중에 생각하자."

"그래! 그 말이 옳다!"

살짝 어이없는 표정인 랜디에게 동의하며 세레피나가 고개를 주억거렸다.

"애초에 그대에게는 이미 최고의 취업처가 있지 않나! 그대는, 이 몸의—."

"절대 안 가."

"적어도 마지막까지 들어줄 순 없나?!"

눈물을 머금는 세레피나.

"아하하, 그래도 다행이야! 앞으로도 릭스와 함께 학원에 다닐 수 있겠어!"

해맑게 웃는 애니.

"앞으로도 잘 지내자, 릭스."

“그래, 나도.”

그리고…….

“흥. 다들 태평하네. 이 남자, 아무리 생각해도 트러블의 원인만 될 것 같은데? 이미 귀찮아질 요소로 꽉꽉 차 있잖아. ……나도 남 말 할 처지는 아니지만.”

일동의 가장 뒤에서 걷는 시노가 평소처럼 무표정하고 차갑게 말했다.

릭스는 걸음을 늦춰 그런 시노 옆으로 왔다.

“그러고 보니…… 너도 학원에 남지?”

“그래. 뭐 잘못됐어?”

“아니…… 왠지 학원을 그만둘까 봐 걱정했었거든. 안심했어.”

“……흥.”

시노의 정체는 《땅거미의 마왕》.

그 사실은 릭스 일행끼리 상담한 결과, 학원 측에는 숨기기로 했다.

「왠지 《기도파》가 시노를 노린다」.

「아마 특대생이니까 숨어 있는 특별한 재능이 목적 아닐까」?

그런 연유로 학원 측에는 시노의 신변 보호 강화만 부탁했다.

역시 마법사상에서 《땅거미의 마왕》은 악명이 높다.

학원이 대체 지금의 시노에게 어떻게 반응할지 전혀 예측할 수 없기 때문이었다.

게다가 릭스 일행은 시노와 친구니까 신경 쓰지 않지만, 다른 학생들이 시노를 어떻게 생각할지 아직 알 수 없었다.

지금은 릭스 일행의 비밀로 하는 편이 무난해 보였다.

"아무튼 폭탄끼리 앞으로 잘 지내자!"

"……."

시노는 말없이 무시했다. 릭스에게 눈길조차 주지 않았다.

여전히 냉담한 시노의 반응에 릭스가 머쓱하게 머리를 긁적이는데…….

"앞으로 다시는 그런 짓 하지 마."

시노가 갑자기 그런 말을 작게 중얼거렸다.

"응?"

"나한테 일방적으로 희망을 보여 준 주제에 멋대로 혼자 죽지 말라는 뜻이야. 남은 구하면서 자신을 소홀히 하는 인간은 솔직히 옆에서 보면 제일 소름 끼쳐. 다음에 또 그런 소름 끼치는 짓을 하면 『위대한 자』에게 산 제물로 바칠 줄 알아."

그렇게 일방적으로 투덜댄 시노는 고개를 휙 돌렸다.

하지만 그 볼과 귀에서 발그레한 기운이 보였다.

그런 시노를 보고 릭스의 입꼬리가 피식 올라갔다.

“걱정 안 끼치게 명심할게. 소름은 끼쳐도.”

“썰렁해…….”

그런 말을 주고받으며 일행은 걸어갔다.

그리고 곧 학원 안에 다음 수업 시작종이 울려 퍼졌다―.

―――――.

―같은 시각.

에스토리아 마법 학원 성벽 위.

“여기가 그 에스토리아 마법 학원임까?”

한 소녀가 성 같은 학원 교사를 응시하고 있었다.

정말 수상하다. 너무 수상하다. 척 보기에도 수상하다.

머리가 쏙 들어가는 후드에 조그만 체구를 감추는 망토.
어깨와 팔, 허리에 벨트를 둘둘 감고, 등에는 유별나게 큰
전투 도끼를 짊어졌다.

수상함을 감출 생각이 전혀 없나 보다.

잔악무도한 살인귀도 이보다는 티를 덜 낼 것이다.

그 한눈에 봐도 수상한 소녀는 후드 아래의 날카로운 눈
동자로 이렇게 말했다.

“릭스 형님…… 설마 그런 교활한 수법으로 죽은 척하고
용병단에서 빠져나가다니…… 「오는 사람 막지 않고 가는

사람은 지옥 끝까지 쫓아간다」…… 우리의 철칙을 잊었다
고는 못할 검다. 형님에게는 피투성이 전쟁터가 어울려요.
반드시…… 데리고 돌아가겠슴다!"

"이대로 가면—
네놈은 퇴학이다."

"형님……
용병단으로
돌아오지 않겠다면
기다리는 건
죽음뿐임다!"

"으아아아아?!
종잡을 수가 없잖아,
내 장래!"

안녕하세요, 히츠지 타로입니다.

신작 『이것이 마법사 비장의 수』 1권! 출간이 결정되었습니다!

편집자님 및 출판 관계자 여러분, 그리고 이 책을 읽어주신 독자 여러분께 무한한 감사를 드립니다! 감사합니다!

뭐, 그건 그렇고.

뭐랄까…… 먼저 완결된 『변마금』부터 제 작품을 읽어주시는 독자 여러분이라면 아마 이런 생각을 하고 계시겠죠.

『히츠지 이 자식…… 또또또 마법 학원이냐?!』

아니, 맞는 말씀입니다! 지당한 지적이죠! 지겹도록 오랫동안 마법 학원물을 써 놓고 신작이 또 마법 학원인데 오죽하겠습니까!

압니다! 아주 잘 압니다! 제가 생각해도 안 지겹나 싶습니다!

하지만! 읽어 보시면 압니다! 알아주시리라 믿습니다! 이번 신작 『이것이 마법사 비장의 수』가 『변마금』과 같은 마법

학원물이면서도『변마금』과는 전혀 다른 맛이 나는 작품이
란 것을요!

주인공은 어느 정도 성숙했던 성인 교사에서 아직 미숙
하고 발전하는 과정에 있는 학생으로! 자아 찾기 성향이 강
했던 스토리에서 장래의 꿈을 향해 내달리는 젊은이들의
사랑과 모험을 그린 청춘 스토리로!『변마금』에서는 그리지
못했던 이야기가 새롭게 펼쳐집니다! 물론『변마금』을 좋아
하시는 분들도 분명 마음에 드실 내용이라고 생각합니다!

작가로서 걸음을 멈추지 않는 저 히츠지의 새로운 이야
기! 여러분, 잘 부탁드리겠습니다!

그리고 X(옛 Twitter)에서 생존 보고도 하니까, 오셔서
쪽지나 리플로 작품 감상 및 응원 메시지라도 남겨주시면
정말 감사하겠습니다. 제가 기고만장해져서 의욕 MAX가
될 겁니다. 사용자 아이디는『@Taro_hituji』입니다.

그럼! 다음 권에서 또 만납시다!

히츠지 타로

이것이 마법사 비장의 수 1

초판 1쇄 발행 2025년 7월 10일

지은이_ Taro Hitsuji
일러스트_ Kurone Mishima
옮긴이_ 김장준

발행인_ 최원영
본부장_ 장혜경
편집장_ 김승신
편집진행_ 권세라 · 최혁수 · 김경민 · 최정민
편집디자인_ 양우연
국제업무_ 박진해 · 조은지 · 남궁명일
관리 · 영업_ 김민원 · 조은걸

펴낸곳_ (주)디앤씨미디어
등록_ 2002년 4월 25일 제20-260호
주소_ 서울시 구로구 디지털로 32길 30, 코오롱디지털타워빌란트 1301-1308호
전화_ 02-333-2513(대표)
팩시밀리_ 02-333-2514
이메일_ lnovellove@naver.com
ㄴ노벨 공식 카페_ http://cafe.naver.com/lnovel11

KORE GA MAHOTSUKAI NO KIRIFUDA Vol.1 REIMEI NO KENSHI
ⓒTaro Hitsuji, Kurone Mishima 2023
First published in Japan in 2023 by KADOKAWA CORPORATION, Tokyo.
Korean translation rights arranged with KADOKAWA CORPORATION, Tokyo.

ISBN 979-11-278-8269-3 04830
ISBN 979-11-278-8268-6 (세트)

값 8,500원

*이 책의 한국어판 저작권은 KADOKAWA CORPORATION와의 독점 계약으로
(주)디앤씨미디어에 있습니다.
저작권법에 의해 한국 내에서 보호를 받는 저작물이므로 무단전재와 복제를 금합니다.

*잘못된 책은 구매처에 문의하십시오.

©Hiro Ainana, shri, Megumi Nagahama 2024
KADOKAWA CORPORATION

데스마치에서 시작되는 이세계 광상곡 1~31권, EX

아이나나 히로 지음 | shri, 나가하마 메구미 일러스트 | 박경용 옮김

한창 데스마치를 치르던 프로그래머 스즈키 이치로(29).
『사토』란 닉네임을 쓰는 그가 잠시 잠들었다 깨어나 보니
듣도 보도 못한 이세계에 방치되어 있었다!
혼란에 빠질 틈도 없이 눈앞에는 처음 보는 괴물의 대군이 다가오고,
하늘에서는 유성우가 쏟아진다.
정신을 차리고 보니, 최강 레벨의 힘과 막대한 부를 손에 넣었는데……?!
이렇게 사토의「유유자적, 가끔 시리어스, 그리고 하렘」인
이세계 모험담이 시작된다!!

**최강 레벨과 막대한 재보를 가지고
시작되는 유유자적 이세계 관광!!**

진화의 열매 1~12권

미쿠 지음 | U35(우미코) 일러스트 | 송재희 옮김

어느 날, 히이라기 세이이치가 다니는 고등학교가 학교째 이세계로 이동했다.
돼지&못난이인 세이이치는 반에서 따돌림을 받아 혼자 숲을 헤맨다.
클레버 몽키가 가지고 있던 『진화의 열매』를 먹어 허기를 달래지만
스테이터스 중 《운》이 제로인 세이이치는 카이저콩 사리아의 습격을 받는다.
그러나……
"나, 처음. 그러니, 부드럽게 부탁해?"
어째선지 사리아에게 구혼 받았다아아?!

『소설가가 되자』 연재작, 대인기 애니멀 판타지!